D0122396

Les jours de lumière

roman

Données de catalogage avant publication (Canada)

Strano, Carmen
    Les jours de lumière
    (Roman)
    ISBN 2-89031-418-9

    I. Titre.

PS8587.T678J68 2001   C843'.6   C2001-940746-7
PS9587.T678J68 2001
PQ3919.2.S77J68 2001

Nous remercions le Conseil des Arts du Canada ainsi que la Société de développement des entreprises culturelles du Québec de l'aide apportée à notre programme de publication. Nous reconnaissons également l'aide financière du gouvernement du Canada par l'entremise du Programme d'aide au développement de l'industrie de l'édition (PADIÉ) pour nos activités d'édition. Gouvernement du Québec – Programme de crédit d'impôt pour l'édition de livres – Gestion SODEC

Mise en pages : Sophie Jaillot
Maquette de la couverture : Raymond Martin
Illustration de la couverture : *L'église d'Auvers*, Vincent Van Gogh, 1890

Distribution :

Canada
Dimedia
539, boul. Lebeau
Saint-Laurent (Québec)
H4N 1S2
Tél. : (514) 336-3941
Téléc. : (514) 331-3916
general@dimedia.qc.ca

Europe francophone
Librairie du Québec / D.E.Q.
30, rue Gay Lussac
75005 Paris
France
Tél. : (1) 43 54 49 02

Dépôt légal : B.N.Q. et B.N.C., 3e trimestre 2001
Imprimé au Canada

© Copyright 2001
Les éditions Triptyque
2200, rue Marie-Anne Est
Montréal (Québec) H2H 1N1
Tél. et téléc. : (514) 597-1666
Courriel : triptyque@editiontriptyque.com
Site Internet : www.generation.net/tripty

Carmen Strano

Les jours de lumière

roman

Triptyque

Remerciements à Louise Côté et à Diane-Monique Daviau
pour leurs précieux conseils littéraires.

Pour Roberto

Puisqu'il n'y a aucune déperdition d'énergie sur cette terre, pourquoi les forces de notre cœur devraient-elles errer sans but et rester sans effet?

Klaus Mann

Mon regard s'arrêta sur lui, arraché à ses envolées sans but, captivé. Ce n'est pas son visage qui me retint, la fine barbiche noire, le creux des joues, l'arête abrupte du nez, mais la manière dont il portait le corps: son dos légèrement arqué, sa tête droite, ses gestes mesurés, la jambe qu'il croisait sur sa cuisse, ses doigts lents sur son menton; il irradiait de ses yeux inquiets qui ne regardaient rien beaucoup d'intensité et beaucoup d'alarme, comme si sa chair, imprécise sous les vêtements larges, était constituée d'une matière dense que je voulus immédiatement toucher. Par crainte d'être indiscrète, je cessai de l'observer mais je revenais sans cesse à lui, j'allais au-delà des assiettes que l'on me tendait, des petits pois qui tombaient de ma louche, je parcourais les rangées de femmes et d'hommes attablés, je sautais par-dessus les bols de pâtes et de légumes, les épaules courbées, les chevelures hirsutes, je cherchais dans l'agitation son silence et sa solitude.

En quatre semaines, je l'aperçus cinq fois. Il arrivait assez tard, invariablement vêtu de la même veste et du même pantalon foncés. Il s'asseyait à l'écart, mangeait peu, avec indifférence, s'astreignait à une réponse aimable si un habitué lui adressait la parole. Je saisis à une occasion un sourire timide sur sa bouche, cela me ravit. J'emportai cette image, je la visualisais parfois la nuit, lorsque le sommeil tardait à venir. Je me drapais dans le velours de sa présence en moi.

Un contrat de travail se terminait, je disposais de temps libre. Je me rendis plus souvent au restaurant populaire. La cuisine était exiguë mais tenue avec une rigueur militaire, je plongeais dans les odeurs de cuisson et les vapeurs comme une sous-marinière en mission. Je me chargeais de plats, je remplissais les bassines, je gagnais mon poste. Rose, qui m'avait non sans peine initiée au bénévolat, me félicita pour mon assiduité. «C'est tellement enrichissant d'aider les autres», me dit-elle avec sa grâce et ce rouge aux joues si conformes à son prénom. Je ne répondis rien. Je guettais l'homme à la barbiche de mousquetaire, mes désirs disposaient rarement d'une représentation aussi nette. Il s'offrait à ma vue et à mon imagination, mais il n'était pas tout à fait réel. J'étais en sécurité derrière le comptoir d'étain.

Ce sentiment vola en éclats un vendredi de pluie. Je l'avais repéré de loin dans la file, je n'osais plus lever les yeux et lorsqu'il fut devant moi, je restreignis mon champ de vision à mes mains. Je constatai en un coup d'œil furtif qu'il fixait son assiette. Je lui servis des pommes de terre. Mon cœur battait follement. Je me sentais ridicule. Je ne parvenais pas à croire que mes doigts étaient si près des siens. Une femme le remplaça face à moi, la tête sous un suroît de plastique jaune, son survêtement de sport déchiré. Je pensai à son dénuement, à mes clients, aux documents les plus intrigants à dépouiller, au calme de mon appartement, à mon existence ordonnée, et je réalisai, non sans désarroi, que tout cela m'intéressait moins que lui. Puis nos regards se croisèrent. Il rougit et détourna les yeux. Mon trouble m'effraya. L'homme alla s'asseoir au fond de la salle. Je remplis les assiettes suivantes avec des mouvements d'automate. Je tachai mon tablier. Je sus exactement quand il quitta l'établissement. Il le fit sans me regarder. Il y eut ensuite peu de monde. À neuf heures, je pris une tasse de thé avec Rose, récompense que nous nous accordions avant de nous séparer. Nous buvions lentement en croquant des biscuits. La bonne chaleur de la bonté de Rose me réconfortait, j'étais contente de sa compagnie. Nous avions à peine échangé quelques mots lorsque Hélène se joignit à nous. Elle avait une chevelure grise broussailleuse, plusieurs foulards autour du cou, noués avec coquetterie, des traits ravagés par la maladie. Nous l'avions en sympathie, car elle partageait notre amour des livres. Des volumes aux pages écornées dépassaient en permanence de ses poches, de préférence des biographies et des romans d'aventures. Nous connaissions l'essentiel de son histoire: phases de manie et de dépression depuis l'âge de vingt-six ans, hallucinations et agressivité, diagnostics imprécis, hospitalisations fréquentes et prolongées, un frère et une sœur atteints du même mal, épuisement puis démission des parents, un fils donné en adoption à l'âge de huit mois, enfin désertion de l'appartement supervisé où elle se querellait quotidiennement avec les autres locataires. Hélène avait été professeure de français et avait voulu devenir romancière. Elle vivait dans la rue, elle se débrouillait. Je lui demandai – c'était entre nous une question attendue – si elle avait commencé à écrire. «Non», dit-elle, et cette fois elle m'expliqua pourquoi.

— Je suis trop pessimiste, les histoires que j'invente – elle se tapa le front avec sa cuillère – finissent toujours mal. On pleure, on souffre, on se tue, on y meurt bien avant son heure. Je ne veux pas écrire cela, je ne veux pas de cet avenir. Les romanciers l'ignorent, mais ils finissent par incarner le destin de leurs personnages.

Elle donna des exemples. Stefan Zweig dont les nouvelles se terminaient volontiers par un suicide, et qui se suicida; Saint-Exupéry, qui disparut en plein ciel comme l'un de ses pilotes de roman, selon elle volontairement, afin d'échapper à la pesanteur de la vie terrestre; Carson McCullers, qui se maria deux fois au même homme, imitant ainsi un personnage du *Cœur est un chasseur solitaire*; Emily Brontë, qui se laissa dépérir jusqu'à la mort, probablement anorexique, alors que sa Cathy, dans *Les hauts de Hurlevent*, attendait vivement la sienne pour rejoindre un monde glorieux, «incomparablement au-delà et au-dessus de vous tous», disait-elle. Hélène cita de mémoire. Elle exposa également le cas de Paul Bowles, qui effectua apparemment une espèce de transfert en pressentant la folie de sa femme dans *Un thé au Sahara* (la pauvre Jane le comprit d'ailleurs tout de suite et en fut horrifiée); de Mussolini, qui rédigea en 1910 un feuilleton historique dans lequel un cardinal et sa maîtresse se disaient des méchancetés: ils s'annonçaient mutuellement une fin cruelle, le peuple traînerait leurs corps dans les rues, les meurtrirait et les priverait d'une sépulture chrétienne – le sort subi par le Duce et Clara Petacci en 1945. Hélène enchaîna, elle était intarissable. André Breton décrivit dans son poème «Tournesol» sa rencontre avec sa future femme, laquelle n'eut lieu que onze ans plus tard; Proust eut l'intuition du décès de son bien-aimé chauffeur dans un texte sur une randonnée en Normandie, sept ans avant qu'il ne survienne; Saint-Denys Garneau écrivait, dans son poème «Le cœur est ailleurs»:

Je préfère être un jeune mort étendu
Je préfère avoir tout perdu.
Pour chapeau le firmament
Pour monture la terre

et il succomba à trente et un ans à une crise cardiaque, en pleine nature; le roman en vers *Eugène Onéguine* de Pouchkine comportait un duel qui opposait Onéguine et le poète Lensky, à cause d'une histoire de femme. Lensky n'eut pas droit au premier coup de feu et fut abattu. Pouchkine trouva la mort quatre ans plus tard, dans le même paysage enneigé, pour les mêmes raisons, de la même manière. «*L'heure fatale sonne. Le poète laisse échapper son pistolet, pose la main sur sa poitrine, et tombe...* Ce que nous écrivons nous arrive par la suite», insista Hélène, sur un ton mélodramatique.

J'estimai, avec Rose, que ses conclusions étaient plutôt hasardeuses. Je n'aurais pas dû utiliser cet adjectif.

— Il n'y a pas de hasard, protesta Hélène. Notre avenir est inscrit en nous. L'écrire, c'est y consentir.

— Imagine alors de beaux romans d'amour, proposa Rose, avec sa souveraine logique.

— Non, je ne veux pas m'abaisser à tricher, la vie n'est pas ainsi. Je veux une belle vie mais pas des romans à l'eau de rose.

Elle rit de son jeu de mots, sans nous, puis redevint soucieuse. Comment faire? Comment modeler le futur?

Rose et moi ne sûmes que répondre. Nous songions toutes trois à notre avenir. Suffisait-il de projeter en avant notre présent? Hélène s'épuiserait dans sa vie précaire, Rose cultiverait ses passions amoureuses, vivant de presque rien et se considérant fortunée. Et moi, où en serais-je? Je ne réussissais pas à mettre en scène mes lendemains. La conversation avait confiné mes fantasmes à l'arrière-plan et je commençais à ressentir de la gratitude pour Hélène et ses curieuses questions lorsque son chuchotement, lancé en toute confidence, me coupa le souffle.

— L'homme bizarre en noir, celui qui s'assoit là-bas – elle désigna une table isolée –, vous l'avez remarqué?

— Oui, dit Rose, qui remarquait tout le monde.

— Il dit qu'il vient du futur.

Ma déception fut violente. Je m'émouvais de l'apparition d'un homme qui n'avait pas toute sa tête. Il me fascinait et il était malade. Je ne sus ce qui me décevait davantage, son handicap ou mon inhabileté à le déceler. D'une voix aussi neutre que possible, le visage à moitié dissimulé derrière ma tasse, je demandai des précisions. En parlant, je me souvins que, selon les critères établis, Hélène aussi était folle; toutefois, bien que nous l'ayons vue hurler de chagrin et attaquer un homme avec une fourchette, elle restait la plupart du temps cohérente et ne mentait pas. D'ailleurs, pourquoi m'étonnais-je? Le restaurant alimentait les démunis et les inadaptés, clientèle parmi laquelle le taux de maladies mentales était élevé. Je me résolus à mettre un terme à mes œillades et à mes rêveries, comme on délaisse de force un récit passionnant.

Hélène me racontait que l'homme avait parlé à Bruno, l'un des cuisiniers de la maison. Il était aussi père de famille, informaticien et adorateur de catastrophes. J'avais également eu droit au récit détaillé de ses prédictions.

— Le type a dit à Bruno qu'il se trompait. Qu'il n'y aurait pas de bouleversement majeur dans les vingt prochaines années. Il était gentil, il a voulu rassurer, personne ne se moque de lui.

— Tu le crois?

— Tu plaisantes! fit Hélène. Le futur nous attend, mais dès que nous y sommes, nous ne pouvons plus nous séparer du présent.

J'embrassai Rose et lui souhaitai bonne nuit. Je sortis, perplexe. La pluie se mit à tomber dru, elle m'aveugla et me piqua le visage. Les arbres bruissaient dans le silence des rues désertes. La fraîcheur de l'eau et le vol des feuilles dans les bourrasques me lavèrent de mes désirs échoués. Je leur ouvris les bras, je me laissais tremper, j'accordais ma désinvolture aux grands balancements des érables, je marchais le cœur rassuré comme si toute la tranquillité du monde m'était soudainement rendue. L'intimité de mon petit appartement me plut, je déposai dans le lecteur un disque aux rythmes lents, me séchai les cheveux et enfilai une chemise de nuit. Je me glissai avec satisfaction dans mon lit. Je réintégrais d'autant plus volontiers mon existence que je l'avais presque désavouée quelques heures plus tôt. Mais elle était toujours là, avec sa simplicité, ses incertitudes calculées et parfois sa monotonie. Elle me procurait mon confort moral. Elle m'appartenait.

Je retournai deux fois au restaurant sans même apercevoir l'homme qui voyageait dans le temps. J'étais bénévole par intermittence, je n'avais pas l'altruisme de Rose, qui avait fini par devenir une employée à temps plein. Puis je reçus une convocation à une entrevue. Un centre de documentation scientifique avait pris du retard dans l'indexation de ses documents audiovisuels. J'aurais du travail pour quatre mois, de quoi me constituer quelques réserves.

Le jour venu, je me présentai dans mon meilleur tailleur, remplie d'espoir, sûre de moi, la bouche cramoisie. Je répondis aux questions sans hésitation et je m'émerveillai des photos prises par le télescope

Hubble, portraits de l'univers comme personne ne l'avait vu jusqu'alors, les colonnes de gaz froid de la nébuleuse de l'Aigle, monolithes orangés d'une année-lumière de hauteur, ou les nœuds cométaires de la nébuleuse de l'Hélice, dans les brumes vertes de l'hydrogène semblables aux algues d'une mer infinie. Je pénétrais un univers spectaculaire. Mon métier m'apportait de temps à autre des gratifications inattendues. Gonflée à bloc par ma découverte et par une entrevue réussie, j'avais de l'énergie à revendre, il était quinze heures, j'allai finir l'après-midi auprès de Rose, à qui je m'empressai de décrire l'excitation de la journée. Elle ne s'émut pas de la magnificence des étoiles, des performances de Hubble, de mon plaisir à prendre en bouche le mot nébuleuse, de mon enthousiasme et de mon costume. Elle était pensive, retirée en elle-même. Je servis les clients en tanguant sur mes talons, riant facilement aux plaisanteries les plus bêtes. Rose nous quitta très tôt. Je bavardai un moment avec Bruno – distinguait-on de l'espace les blessures de la Terre? – mais mes pieds commençaient à me faire souffrir, je partis à mon tour.

Il m'attendait à la sortie, appuyé à une voiture. Je compris immédiatement qu'il m'attendait même si je n'étais pas seule à traverser le porche, même s'il ne m'avait pas encore aperçue. La barbiche, le maintien du corps, tout me revint aussitôt comme un savoir intime, une vague obscure se soulevait en moi. J'aurais pu m'éloigner dans la direction opposée, je poursuivis cependant mon chemin, par curiosité et par bravade, pensais-je. Me servirait-il des propos plats ou corrompus par le délire? Raserait-il complètement l'image que je m'étais construite de lui? Je la précisai: homme tendre, homme riche intérieurement. Je me demandai quel timbre de voix correspondait à cette bouche et quelle discordance m'avait échappé dans sa façon d'être.

Il avançait sur le trottoir. Je ralentis quand il fut à côté de moi. Son attitude dénotait de l'embarras, il voulait établir un contact mais cela exigeait de lui un effort considérable. Il gardait les yeux au sol, moi au loin. Nous marchâmes ensemble sans un mot, je ne m'étais pas attendue à ce silence. Étrangement, il nous souda dans un accord implicite. Je me surpris à accepter la compagnie de l'homme, cette chaleur indéfinie à ma droite, ces émanations de savon, cette menace sourde, mais non désagréable, ce froissement de vêtements, cette attente contenue. À l'intersection, il dit:

— Il y a là-bas une très belle église.

Il avait une voix faible et douce, qui ne trahissait aucune agressivité ou incapacité intellectuelle. Je distinguai le clocher entre les arbres. Je devais décider vite et je choisis la voie la moins raisonnable.

— Allons-y, dis-je.

Mon cœur accéléra ses battements, c'était absurde, et mes pieds me torturaient, cela n'avait pas d'importance. En cette journée, tout m'était permis. Nous remontâmes la rue dans le même silence. Je m'amusai de notre duo dépareillé, moi dans une tenue associée à la réussite, lui certainement dépossédé; moi frêle et impeccable, lui solide et oublieux de son apparence; j'étais raide sur mes talons qui grattaient le sol, il marchait sans bruit, aisément, ramassé sur lui-même; je levais triomphante le menton vers la ligne de l'avenue, il était mal à l'aise; pourtant, c'était moi qui le suivais. Je tournai la tête et entrevis son profil sérieux.

Il s'arrêta devant la façade de l'église et posa les mains sur les pierres encore tièdes de soleil. Il retrouvait par ce geste quelque chose, il prenait possession. Puis il recula et considéra le bâtiment du XIXe siècle avec un œil de connaisseur, me fit admirer la toiture d'ardoises et les doubles flèches.

Je découvris une majesté dont j'ignorais tout. Je ne faisais pas attention aux choses qui m'entouraient, même si elles étaient de cette taille et avaient été érigées avec patience et amour. J'accompagnai mon guide à l'intérieur. Je ne fréquentais plus les églises depuis l'enfance, mais je me souvins immédiatement de l'odeur d'encens et de cire chaude dans le clair-obscur, de l'écho des pas, des craquements soudains du bois, du rougeoiement des lampions, de la quiétude solennelle. L'homme alla directement devant une des verrières, il entra dans la lumière, le soleil irradiait les plaquettes de verre et des fragments de couleur se déversaient sur lui.

Son front était limpide, je lus de la vénération dans son regard. «C'est mon vitrail préféré», dit-il simplement à mon approche, sans en détacher les yeux. Je regardai la Vierge composée de bleu, d'or et de fuchsia, les découpes des baguettes de plomb, les boutons de roses disposés aux quatre coins. Puis il s'assit sur un banc. Encore une fois, je l'imitai. Il me montra le chêne finement travaillé du maître-autel et les arches élancées de la voûte. Nous nous trouvions dans un ouvrage sculpté. Nous l'admirions ensemble, cela semblait lui suffire. Il évitait de me regarder et je goûtais cette perspective inédite. Je parcourais des yeux le chemin de croix en fonte, je dévisageais des saints aux longs traits dignes. Nous nous oubliâmes nous-mêmes. Dès que ce ne fut plus possible, que nous eûmes tout observé à loisir et que notre présence nous devint trop manifeste, je me levai pour sortir. Il me jeta alors un regard insistant, presque suppliant, qui porta jusqu'au tréfonds de mon être:

— Demain, devant l'église, à sept heures?

J'acquiesçai avec un aplomb que je ne me connaissais pas. Je sortis les genoux tremblants.

Au lieu de dormir, je réfléchis à ce jour si chargé. J'avais possiblement trouvé un nouveau client, le contrat se renouvellerait peut-être d'une année à l'autre, les retards ayant tendance à se répéter. J'avais approché un homme qui me bouleversait, ce qui ne s'était pas produit depuis des années. J'étais à la fois inquiète et pleine d'attentes. Il n'avait pas proféré la moindre incongruité, il n'avait pas parlé de l'avenir. Avec Bruno, il avait peut-être blagué et personne n'avait compris son humour. Les impressions qui m'attachaient à lui restaient intactes. Je n'allais pas m'en détourner à cause du compte rendu d'Hélène. Qui d'autre d'ailleurs pouvait me séduire dans le silence et avec la noblesse des églises? Je voulus imaginer sa vie. Par quelle infortune avait-il échoué à la soupe populaire? Quelle était son occupation? Si je décelais en lui des éléments déplaisants ou risqués, je me retirerais. Je n'avais rien à perdre. Ma solitude était pacifiée. La solitude était la chose la plus aisée du monde à recouvrer. Une nouvelle mise en place s'annonçait; en me fiant à mes élans et en travaillant sérieusement, je ne pouvais que progresser.

Je me levai le lendemain trop excitée pour être vraiment affectée par ma mauvaise nuit. Je me rendis à mon rendez-vous comme on part à l'aventure.

Je retrouvai l'homme assis sur le perron de l'église. Je pris la marche juste au-dessus de lui. J'étais bien ainsi, les coudes sur les genoux, sur la dureté du ciment. Je m'imprégnais de la dentelle massive des bâtiments contre le ciel, du roulement des voitures sur l'avenue, de l'odeur de la pelouse fraîchement tondue. Les secondes s'égrenaient pour moi, j'avais cessé d'être pressée. L'homme fouilla dans la poche de sa veste.

— Mon nom est Raoul Agostini, dit-il en me lançant un regard heureux.

Il me tendit ensuite un petit paquet. Je tâtai le papier chiffonné et déballai une statuette de la taille de ma main, coupée dans un bois râpeux. Elle représentait une femme à la robe et au voile déliés, les bras croisés sur la poitrine, une apparition angélique prise dans un tourbillon de joie.

Je la serrai doucement entre mes paumes.

— C'est vous qui l'avez faite?

Raoul baissa les yeux, gêné.

— Elle est magnifique, dis-je.

Je me nommai, nous nous sourîmes. Nous nous promenâmes dans les rues, au hasard, croyais-je, mais Raoul allait d'une église à l'autre, elles étaient ses points de repère. Les rues et les églises étaient à lui, nous arpentions son territoire. Il s'attardait sur les parvis comme si l'architecture de chaque ensemble était un don supplémentaire qu'il m'adressait. J'en étais joyeuse.

— Ici, disait-il, l'orgue a été restauré et une scène de l'Ascension le domine, du même or que les tuyaux. Les pièces de bois de l'abside sont couleur d'ébène, les murs, les colonnes sont également dorés, le contraste est intéressant. Là, dénonça-t-il en me désignant un autre bâtiment, il faudrait réparer la toiture.

Il m'expliqua qu'il était peintre et restaurateur d'objets d'art, surtout religieux, qu'il n'avait plus de travail depuis longtemps, que personne n'investissait beaucoup dans l'art ancien, ni les paroisses, ni les musées, ni les sociétés historiques, ni les collectionneurs privés. Son travail lui manquait, précisa-t-il, il lui manquait terriblement, il avait essayé de faire autre chose mais il ne pouvait s'y résoudre, il n'avait pas d'autre qualification ni d'autre intérêt. Il s'était mis lui-même à fabriquer des objets décoratifs pour les vendre. Durant la période de Noël, il avait réalisé quelques profits vite dépensés. Sa marge de manœuvre avait toujours été très restreinte. Au cours des derniers mois, il s'était radicalement appauvri. «Je ne possède vraiment rien», déclara-t-il en s'excusant, puis il ajouta qu'il louait un petit atelier plutôt minable dans lequel il s'efforçait de garder la main, d'éprouver certaines techniques, de les raffiner. Le personnage qui se précisait avec son récit ne se dissociait pas de celui que j'avais désiré. Je lui demandai si, avec son métier, il avait déjà réussi à gagner sa vie. «Non», dit-il, il avait effectué en supplément des montages d'expositions dans des galeries d'art qui avaient fermé les unes après les autres. «Je suis dans une mauvaise passe, souligna-t-il, ce n'est pas la première fois, je trouverai bien une solution.» Je lui parlai à mon tour de mon travail, je ne touchais pas beaucoup d'argent, mais je ne manquais de rien et j'avais une grande liberté de mouvement. Je lui dis que mon prénom, Roumi, était d'origine bulgare, et que mon arrière-grand-mère russe avait été un matin, dans les foins de Sibérie, l'amante de Raspoutine.

— Mon père affirme qu'il a peut-être épousé une descendante du grand barbu. Il est passionné d'histoire et il ne plaisante qu'à moitié. Ma mère a acquis du prestige avec cette rencontre entre un mystique qui a influencé la destinée d'un pays et une paysanne à jamais anonyme.

— Raspoutine a connu des centaines de femmes anonymes, remarqua Raoul.

— Oui, et on dit aussi qu'il pressentait l'avenir.

Je jetai cet appât à Raoul. À mon grand soulagement, il ne réagit pas.

— Dans une lettre qu'il écrivit au tsar le 15 décembre 1916, Raspoutine soutenait qu'il quitterait la vie avant le 1er janvier, et que si ses meurtriers étaient des nobles plutôt que des paysans, le tsar et sa famille mourraient à leur tour avant deux ans. Raspoutine a été assassiné par un prince marié à la nièce du tsar et par un cousin de celui-ci, le lendemain de la rédaction de sa lettre. Le tsar, la tsarine et ses enfants ont été exécutés par les bolcheviques un an et demi plus tard. Curieux hasard, n'est-ce pas?

— S'il avait vu sa mort, répliqua Raoul, pourquoi n'a-t-il rien fait pour y échapper?

— Il prétendait que c'était inscrit dans le calendrier de Dieu, qu'on ne dérange pas ces choses-là.

Je jugeai que Raspoutine se trompait, qu'on se devait de revendiquer sa vie. Raoul se demandait jusqu'à quel point elle nous appartenait. Il me raconta que sa famille venait aussi de la campagne, que ses parents étaient des gens qui avaient beaucoup travaillé mais ne s'étaient pas beaucoup aimés. Le crépuscule mit bientôt fin à nos explorations. J'achetai des jus de fruits que nous bûmes sur une esplanade, près d'une fontaine. Je savourais la tiédeur de l'été dans un bien-être engourdi. Nous errâmes un moment dans les rues, puis nous entrâmes dans un parc. Les habitations tout autour nous avaient attirés, elles avaient de jolis volets aux fenêtres, des murs pastel, des toits en tuiles et des jardins enfouis sous la verdure, pareilles aux maisons des livres de contes. L'obscurité était là pour nous: il n'y avait personne d'autre.

Nous choisîmes un banc sous un tilleul. Raoul croisa les jambes, alluma un petit cigare. Comblée par sa présence et par la perfection de ce décor où brillait même un croissant de lune au-dessus d'un front de nuages, je ne parlai plus. J'ouvris un espace pour le désir. Raoul prit ma main dans les siennes. Il l'examina, puis la caressa, elle était délicate entre ses doigts d'homme. Sa peau exerçait sur moi un attrait irrésistible. Je le touchai à la joue et lorsqu'il se tourna vers moi, je l'embrassai. Ses lèvres furent contre les miennes lestes et mouillées, je reculais et je revenais à elles, puis je ne pus m'en détacher et j'entrai dans sa bouche. Raoul était plus passif que moi tout en étant entièrement réceptif, je fendis sa chevelure de mes doigts, je goûtai ce baiser jusqu'à l'essoufflement. Puis je le regardai. Ses yeux étincelaient.

— Si tu continues, me chuchota-t-il, il va me pousser des ailes.

Il baisa mes paumes. Il me dit que je le rendais heureux. Jamais un homme n'avait osé me déclarer cela. Nous restâmes quelques heures à nous embrasser, à parler, à respirer les parfums de la nuit, à regarder les lampes luire dans les fenêtres, à les voir s'éteindre, à imaginer la vie et le sommeil dans les pièces closes, à nous estimer chanceux de notre soif de nous connaître et de notre intimité naissante. Mais je ne m'abandonnai pas entièrement au charme de l'instant, une partie de moi, la plus avertie et la plus forte, m'observait et me conseillait, elle disait: «Halte, attends, ne livre pas ton cœur si vite, seule tu peux courir librement, en toute sécurité, as-tu vraiment besoin de quelqu'un à tes côtés?» Je signalai à Raoul que je tenais à conserver des plages de solitude et que par périodes je me donnais beaucoup à mon travail. Il me répondit qu'il avait perdu la dernière femme qu'il avait aimée, qu'il s'en était mal remis, qu'il avait aussi besoin de temps à lui pour peindre. Sur ce point fondamental, nous pouvions donc nous entendre. Nous délaissâmes le couvert du parc vers une heure du matin. Raoul m'accompagna à ma voiture et refusa de monter. Il habitait un lieu qu'il n'était pas pressé de me montrer. Je l'invitai à une pizzeria pour le lendemain. Il accepta, me salua d'un baiser, sa barbiche chatouilla encore mon visage, puis il tourna les talons et s'éloigna sur le trottoir. Il disparut à l'angle d'un commerce. Une vague de tristesse me traversa, suivie d'un grand coup d'ivresse.

Je fis bouillir de l'eau en arrivant chez moi. Au moment même où je trempais le sachet de thé dans la tasse, je m'aperçus que j'avais l'odeur de Raoul sur moi et que je la cherchais encore. La peur me submergea. Je revis les brusques expressions angoissées de Raoul, ses prompts retraits en lui-même. J'avais perçu en lui une intelligence très aiguisée et une aura de détresse dont je devais tenir compte. Mais qu'importe s'il était tourmenté, je ne redoutais pas ses luttes, elles le préservaient de la facilité. J'étais également constellée de coins noirs, fragile. Personne ne pouvait prétendre à une vie sans chutes. Moi aussi j'avais souffert lorsque l'homme avec qui j'avais vécu s'était lassé de moi. Raoul, avec son cœur blessé, me ressemblait davantage.

Demain, je ferais l'amour avec lui. Demain, Raoul serait dans mes bras. Il n'était ni un inconnu ni un amoureux, mais un amant à espérer. Je le cantonnai là et mon sentiment de courir un danger s'atténua.

Dès le matin, je passai mon appartement au crible. Je nettoyai la cuisine et la salle de bains, je dépoussiérai les meubles, je changeai les draps de mon lit. Puis j'inspectai mon corps. Je m'attaquai aux poils superflus, je me couvris de crèmes adoucissantes, j'appliquai même un coup de ciseau à mon pubis afin que sa pilosité épouse la forme des lèvres; je me lissais, je m'apprêtais, je jouais à la courtisane et cela m'amusa beaucoup, je n'avais pas souvent l'occasion d'incarner ce type de femme. Je fouillai ensuite mon tiroir à la recherche de sous-vêtements suggestifs. Je trouvai des pièces de dentelle blanche à moitié transparentes. Aucun homme n'est indifférent à ces ornements. Je me gardai un peu de temps pour m'étendre sur le balcon, afin de faire le plein d'énergie. Vers cinq heures, je me parfumai là où ma peau était la plus chaude, je tirai de mon placard une robe fraîche et des sandales hautes. Je me rendis à notre rendez-vous en conquérante. La démarche me réjouissait tout à fait. C'était samedi, le soleil rayonnait sur les immeubles, le monde était à moi et je voguais allègrement sur mon désir. Raoul m'attendait avec un bouquet de marguerites sauvages. Il avait l'air dépaysé. Je reçus dans la rue une accolade un peu gauche. Il était très touchant. Je humai son odeur. Je le pris par le bras. Je remarquai qu'il portait un maillot de coton lâche, neuf, que ses joues étaient rasées de près. Il s'était endimanché pour moi. Nous mangeâmes comme des touristes, tout nous paraissait différent, les fromages, les salades, les assiettes exotiques alignées au mur; nous mangeâmes aussi comme un homme et une femme épris, incapables de soutenir le regard de l'autre mais osant des déclarations maladroites. Je lui dis qu'il était beau, qu'avec sa barbiche il était mon mousquetaire. Il m'avoua que son cœur avait battu la chamade dès qu'il m'avait vue, bien avant que je ne me rende compte de sa présence. J'étais si menue, j'avais la grâce d'une libellule, j'étais sa beauté. Je raffolais de ses baisers, il adorait mes yeux. Nous ne faisions pas de surenchère, nous ne savions pas biaiser. Le repas terminé, j'emmenai Raoul chez moi.

Je fermai la porte dans mon dos. Raoul s'assit sur le canapé. J'allai vers lui. Il me prit à la taille. J'étais curieuse de son corps, je voulais connaître ses odeurs secrètes et sa pesanteur. Je pressai sa tête sur mon ventre et je demandai, très poliment, s'il voulait passer dans ma chambre. Il accepta avec la même politesse enjouée. Nous nous déshabillâmes rapidement en nous observant du coin de l'œil. Mes artifices de dentelle ne comptèrent pas. J'étais maigre et lui peu musclé, mais ces considérations étaient sans intérêt. Nos chairs acquéraient soudainement une dimension émouvante, ainsi exposées et offertes. Nous nous allongeâmes. Nos gestes manquaient d'assurance. Raoul jugea mes seins petits – mais beaux, ajouta-t-il. Il mit sa main sur une de mes fesses, elle tenait dans sa paume. Il m'embrassa sur l'épaule, entoura mon poignet de ses doigts pour en mesurer l'étroitesse, effleura mes cuisses du revers de la main, il s'étonnait de moi, me longeait de ses bras. Je jouissais du toucher de sa peau, je le caressais sans cesse. Son pénis me charmait et m'intimidait par sa taille, il se dressait haut et fort, je manipulais la texture spongieuse du gland, le large tronc gonflé de sang, je les convoitais. Raoul se coucha sur moi, je fermai les yeux. Je m'élargis sous sa poussée, un soudain rapt de bonheur, je m'emplis du volume de son sexe, du goût de son épiderme, de la douceur de sa bouche. Je m'ouvris à lui entière. Mon ventre, mes bras vides trouvèrent l'abondance. Mes mains heureuses descendaient de ses omoplates à la chute de ses reins, leur cadence lente ou précipitée prodiguait du plaisir à tout mon être.

Nous restâmes de longues minutes muets, un peu sonnés, gorgés l'un de l'autre. Je n'invitai pas Raoul à dormir, il ne demanda pas à rester. Il me rappela qu'il n'avait pas de téléphone, je lui donnai mon numéro. Nous convînmes de nous revoir au cours de la semaine. Je voulus le ramener chez lui, il déclina encore une fois mon offre. Il était grave lorsqu'il partit et moi, j'étais grisée, ma peau était une soierie sécrétée par chacun de ses mouvements. J'étais victorieuse. Aviatrice, j'aurais marqué d'une coche mon appareil, recluse, j'aurais planté un drapeau sur ma muraille. Je découvris dans mes fleurs un mot doux. Raoul avait signé: *ton petit peintre*. Je m'enveloppai dans ma robe de chambre et j'allai sur le balcon chercher la clarté de la lune. J'étais pleine et ronde, un homme avait besoin de cette complétude. J'aurais voulu savoir chanter ma félicité.

La pause du dimanche fut la bienvenue, je récupérai de mes émotions. J'accrochai la statuette de Raoul au-dessus de ma tête de lit, comme un talisman devant veiller sur mes inconsciences. Je pensai à lui toute la journée, même en essuyant la vaisselle, même en lisant le journal. Tant pis s'il n'avait pas un sou, je n'attendais pas de lui qu'il assure ma sécurité financière. Raoul me procurait déjà l'essentiel: la proximité de l'esprit, la pureté du cœur, la jubilation des sens. Il rendait ce partage possible. Certaines certitudes sont de cet ordre, elles ne naissent pas petit à petit, mais s'imposent d'un seul coup, avec éclat. J'imaginai notre relation: le jour, nous travaillerions chacun de notre côté à la réalisation de nos projets; le soir, ou durant les congés, plusieurs fois par semaine, nous nous retrouverions pour les communions de la parole, pour les plaisirs et les consolations du toucher. Nous nous désirions et nous étions disponibles. Nous nous étions rejoints. La vie nous présentait ce rare cadeau. J'avais l'assurance des sens repus.

Je songeai à me rendre au restaurant populaire relater mes aventures amoureuses à Rose, mais je laissai à Raoul le champ libre, nous nous étions vus trois jours de suite et il éprouvait sûrement, comme moi, la nécessité de ce recul. Au bout de deux jours sans lui, cependant, Raoul commença à me manquer. Je ne m'appartenais plus entièrement. La peur réapparut, cuisante. Il plut ce mercredi matin, un écureuil trempé vint mendier à ma fenêtre, sa fourrure saturée d'eau moulait son squelette chétif. J'étais cette bête pitoyable et frissonnante, j'étais comme elle, nous nous regardâmes à travers la vitre. J'aimais sans mesure et j'ignorais toujours si cette aptitude était bénédiction ou égarement, si par elle je m'accomplissais ou me perdais. Je me souvenais déjà à peine de mon détachement de femme seule. Je voulais un amour qui procède du même principe, qui ait cette lucidité et cet épanouissement sage, qui préserve en moi un centre imprenable. Je ne pouvais pourtant exiler Raoul à la périphérie de ce centre. Je risquais ma sérénité pour lui. Je n'avais rien possédé de plus précieux. La peur est mauvaise conseillère, je m'efforçai de la réprimer. Je me retournai dans mes draps jusqu'à l'aube, je passai tour à tour de la terreur à la hardiesse, de l'enthousiasme au refus. Puis la joie de connaître Raoul l'emporta sur ma résistance à aimer encore.

Il me téléphona le mercredi soir. Une heure plus tard, il était avec moi. Il s'assit à la cuisine et nous nous racontâmes les derniers jours. Un curé lui avait proposé de repeindre les portes de son presbytère, mais aussi les statues d'une chapelle extérieure; là, au moins, il pourrait réparer. Un travail sans défi et mal payé, mais tout de même une aubaine. De mon côté, il n'y avait rien de neuf, j'attendais toujours la réponse du centre de documentation et j'avais contacté d'anciens employeurs. Je bus quelques gorgées d'eau. J'avais des contractions dans l'abdomen, j'étais remplie d'émotions grondantes. Je n'osais pas me divulguer. Raoul me dit qu'il avait eu hâte de me revoir, que je le rendais complètement coucou. Il m'enlaça à me broyer, j'étais un bien retrouvé. Il me dit encore, à l'oreille cette fois: tu me fais bander, même sur le trottoir je bande en pensant à toi, et j'entendis des mots d'amour. Nous nous couvrîmes de baisers et de caresses dans le corridor, c'était si naturel et si bon, les quelques pas jusqu'à la chambre constituaient un délai insoutenable. Il déboutonna mon chemisier et enveloppa mon sein de ses doigts, doucement, comme on tient une corolle fragile. Je palpai avec allégresse son pénis dur, je l'écrasai contre mon bassin. Je m'étirai sur la pointe des pieds pour faire glisser ma langue sur la sienne. Je cachai ma tête sous son maillot, lui bécotai la poitrine. J'émergeai ébouriffée, il me coiffa et enfonça son visage dans mon cou. Ses bras étaient forts. Je souriais tout le temps.

Nous fûmes à nouveau nus, vibrants, multipliant nos attentions l'un pour l'autre. Nous tendions et prenions patiemment, à pleines mains. Je me moulai aux creux de Raoul. J'écartais les jambes. J'étais lisse, j'étais mouillée, une lente pulsation cognait au fond de mon sexe. Le corps de l'homme contre moi était une étendue enchanteresse. Je poursuivais ses beautés étalées: une moiteur dans l'aisselle ou sur le bas-ventre, une veine bleue enlacée à un os, la tendreté du pli de l'aine, la peau opaline, sur le côté, entre la cuisse et la taille, excitante parce qu'elle disait la hanche et l'exposition des parties intimes; je louais la vie, ou Dieu, d'avoir mis tout cela ensemble, cette chaleur, ce cœur œuvrant sourdement sous les côtes, ces quelques poils fous et perdus, les mesures de cette respiration, la singularité de ces odeurs. Raoul vivait, Raoul respirait, il était là pour moi, son grand corps couché près de moi. Il me faudrait très longtemps pour l'explorer. Je m'y enroulai par les jambes pour qu'il s'enfonce en moi, je me nouai à lui dans la gratitude et l'abandon. J'étais liquéfiée d'amour. Il ouvrait de sa langue toutes mes lèvres, s'humectait de mes chairs les plus roses, s'introduisait entre mes renflements les plus sensibles. Il avançait sur moi, avidement, de l'intérieur de mes cuisses à mon souffle.

Nous nous joignîmes dans cet espace au centre de nous-mêmes, où nous dérivions les yeux aveugles.

Raoul jouit trois fois, j'eus des orgasmes électrisants. Je pleurai d'euphorie et de volupté. Nous nous étreignîmes pendant six heures. Jamais je n'avais connu cela. Il unit mes mains, les baisa, me dit, fébrile, que j'étais à lui, qu'il ne faisait pas l'amour avec une femme à moins d'être amoureux d'elle. Puis il se reposa, sa tête lourde sur ma poitrine. Je l'écoutais dormir en contemplant par la fenêtre un morceau de ciel. Dieu que j'étais heureuse! Une vie était trop courte pour que je me lasse de lui. Je l'imaginais travaillé par le temps, usé et infiniment précieux comme les œuvres d'art de ses églises. Dès cette seconde fois, quelque chose fut pour moi scellé. Je ne pensais pas souvent à ces choses-là, mais je me mis à croire à la bonté de Dieu.

Raoul passa sur moi une main alanguie. Je frottai mes joues contre sa barbiche, je lui jetai des baisers sonores. Il taquina mes réflexes félins et me gratta la nuque. J'en aurais ronronné de contentement.

— Tu me fais tellement de bien, dit-il en portant soudainement son visage sur mon aine.

Son haleine chaude chatouilla mon ventre. Je ressentis son immense besoin d'être aimé, à cet instant précis il était un homme qui demandait à être reçu avec une pauvreté d'enfant. Cela me remua. Un glissement s'opéra, nous n'avions plus d'âge, à son contact je devenais une source, j'étais une femme-source claire et sans fond, Raoul définissait ma féminité. Il baignait dans mes eaux, j'avais dans mes bras un enfant-fantôme. Éperdue de tendresse, je me recroquevillai contre son dos. Un conseil de Rose me revint en mémoire: quand tu élis un amant, demande-lui quels ont été ses rapports avec sa mère. S'ils étaient mauvais, prépare-toi à saigner. Cette adéquation m'avait paru simpliste, je m'étais moquée d'elle, mais pour toute réplique elle m'avait fredonné un air populaire, *prepare yourself to bleed, la la la.* La question ne me paraissait plus sans bien-fondé.

— Quel genre d'enfant étais-tu? demandai-je en me redressant.

Il ouvrit les yeux, attentif à ses réminiscences.

— Je ne me rappelle pas très bien mon enfance, dit-il.

— Mais si, insistai-je, tu m'as parlé de la campagne, de gens travailleurs.

— Je ne suis pas toujours sûr que ces souvenirs soient les miens ou ceux d'un autre, d'un enfant que je me serais inventé.

—Tu n'as pas eu une enfance très heureuse, conclus-je.

— Non, j'avais peur des colères de mon père, ma mère ne s'occupait pas volontiers de moi. Je me sentais différent des autres enfants.

Il parla encore, les images se précisaient, je me représentais Raoul petit garçon, ses yeux anxieux et intelligents dévoraient son visage, sa sensibilité le laissait comme une maison traversée par mille vents. Il avait cette faculté exceptionnelle de recevoir, il absorbait tout: la couleur des champs, le passage des nuages, l'atmosphère tendue du logis, l'attitude méfiante de son père pêchant le poisson, la froideur ennuyée de sa mère. Il apprenait à ressentir, il découvrait la grammaire de l'amour, ses grâces, ses impuissances et ses humiliations. Il construisait la vie d'un mot consenti ou d'un geste omis, sa mère trompait son père, elle ne savait pas le chérir et son père ne savait pas la quitter. Raoul disait: «Mon père est très habile de ses mains», et je le voyais à sept ans l'observant façonner le bois, transi d'admiration. Son père maniait des outils fabuleux pour ses yeux d'enfant, il en avait un soin jaloux. Auprès d'eux, il se réappropriait son existence, il oubliait le pourrissement de ses rapports conjugaux et les soucis perpétuels que lui causaient cinq enfants à nourrir. Il n'invitait jamais son troisième fils à traverser le cercle magique de son évasion. Interprétais-je adéquatement ces évocations lointaines? Raoul poursuivit sur un terrain moins incertain, son grand-père était rude et fumait de gros cigares, sa grand-mère, une bonne nature, le gâtait lorsqu'il séjournait chez elle. Ses grands-parents étaient morts et, de toute façon, il ne s'entendait plus avec personne, il avait pris ses distances.

Raoul cessa de parler, ce fut à mon tour de dépeindre mes commencements.

— J'ai eu une enfance sans histoire, mes parents m'ont aimée, j'ai eu ce bonheur. Mais ils n'ont pas toujours formé un couple heureux. Mon père aurait préféré rester célibataire, même marié il ne s'est pas engagé, il avait beaucoup de maîtresses et d'amis. Je crois qu'il a longtemps voulu partir. Chez moi, le contraire s'est produit, c'est ma mère qui a aimé davantage.

Un bébé pleura dans l'immeuble voisin. La nuit était tombée et nous conversions dans le noir. Ce retour réfléchi sur le passé jouait en notre faveur. Nous avions délimité les pièges de nos parents. Nous avions l'habitude des introspections. Nos prises de conscience nous assuraient de meilleures chances de réussite. Optimiste, j'entrepris de me livrer d'un trait:

— Je suis secouée, tu me touches de plein fouet.

— Moi aussi je suis troublé, dit-il.

Il évita également de croiser mon regard.

Nous grignotâmes des céréales et des fruits à la cuisine. Il s'en alla ensuite, tard dans la nuit. Nous nous embrassâmes sur le seuil et, lorsqu'il se détourna, je captai une singulière expression dans ses yeux, comme s'ils étaient soudain teints par le malheur. Ce fut très bref. Raoul me salua de la main au bas de l'escalier, gentiment. Je ne distinguai plus rien d'alarmant sur son visage. Avais-je bien vu? Était-il déçu de ne pas être retenu jusqu'au lendemain? Mon lit se révélait juste assez grand pour y faire l'amour, mais trop petit pour y dormir à deux. J'avais toujours eu des réticences à partager mon sommeil, il était léger, le plus privé de mes territoires. Toute compagnie était distraction ou encombrement. Je me demandai cependant si pour Raoul je n'enfreindrais pas parfois cette règle, tant je trouvais pour lui la nuit froide et pour moi, mon lit déserté. Mais je me couvris de ses froissements et de ses odeurs, mon repos se fit dans l'opulence.

Le lendemain, je téléphonai à Rose, je lui annonçai, avec une fougue mêlée de surprise, que j'avais enfin trouvé un homme qui m'aimait plus que je ne l'aimais, aux yeux duquel je n'étais pas interchangeable. Uniques, songeais-je, le fil de mes pensées, les inflexions de ma démarche, c'est cette mélodie qu'il réclamait, il n'en attendait pas d'autre. J'adorais être avec lui, il me plaisait intégralement, de la plante des pieds au bout des cheveux. Rose répondit qu'elle était contente pour moi. À son ton prudent, je vis toutefois qu'elle me soupçonnait de m'illusionner. Sans doute magnifiais-je Raoul, étais-je grandiloquente, mais ces emballements des débuts étaient indispensables pour ancrer solidement l'autre en soi. Pour aimer ce qu'il y avait de plus dérisoire en chacun, ne fallait-il pas d'abord s'éprendre de ce qu'il y avait de plus somptueux? Lorsque j'aurai côtoyé Raoul jusqu'à risquer l'usure, qu'il se sera banalisé, mes sentiments muteront en d'autres sentiments amoureux, sa présence deviendra un scintillement plus tranquille, plus serein.

— Tu es allée chez lui? questionna Rose.

— Je n'ai même pas son adresse, dis-je comme s'il s'agissait d'un mystère qui allait se révéler le moment venu.

— Et cela ne t'intrigue pas?

— Oui, mais c'est pour l'instant d'une importance toute relative.

Je me lovai sur mon divan et jouai à enrouler le fil du téléphone autour de mes orteils. Rien n'avait autant d'intérêt dans nos rapports que son amour pour moi. Ma curiosité envers lui était sans bornes, je voulais apprendre cet homme aussi violemment que je cherchais à m'apprendre moi-même et je n'avais déjà que trop de données à intégrer.

— Il y a des gens prêts à profiter de ce qu'on leur offre.

— Raoul n'est pas de ceux-là.

— Il est peut-être marié. C'est peut-être un toxicomane, un schizophrène, un fabulateur, un joueur compulsif ou un repris de justice. Tu ne sais rien de lui.

— C'est toi qui juges ainsi?

— Je dis seulement que la loi du chaos s'applique aussi entre les êtres humains. Un système ordonné est toujours perturbé au contact d'un système chaotique. Tu es un de mes systèmes ordonnés favoris.

Je ris.

— Rosina de mon cœur, nous sommes tous des systèmes chaotiques qui peinent à organiser leur vie.

— Il y a des individus qui sèment la destruction là où ils passent, je t'assure, j'en ai vu. Ils n'y peuvent rien, ils sont comme ça.

— Je cours le risque. Aimer est toujours un risque.

J'appréciai ce mot, je me le répétai mentalement: risque. J'eus l'impression d'avoir du courage. Puis j'ajoutai:

— Je sais que Raoul est bon.

— Puisque tu en es sûre, fit Rose, qui avait voulu me protéger en me lançant ces avertissements.

Elle se rangea ensuite volontiers à mon avis, concluant que le désordre était causé par un manque d'amour, et qu'il y avait toujours moyen d'y remédier.

Je m'enquis alors d'elle. Ses précautions en matière de relations amoureuses étaient plus théoriques que pratiques, je savais qu'elle ramait dur. Nous nous étions connues huit ans auparavant, dans le gymnase d'un centre pour femmes. Nous avions eu un coup de cœur, il avait suffi d'une seule soirée pour fonder notre amitié. Rose expira, elle avait ses soupirs des jours de confusion.

— Je ne l'ai pas vu depuis des semaines, se plaignit-elle, il dit qu'il a besoin de réfléchir.

Elle était très éprise d'un homme d'affaires insaisissable, un homme-lion avec une crinière blanche et des appétits de réussite féroces. Leur relation occasionnait à Rose plus de souffrance que de bonheur.

— C'est terrible, me confia-t-elle, plus il me fait souffrir, plus je l'aime. Depuis que je suis toute petite, j'associe l'amour à la douleur, je ne connais rien d'autre.

Elle donna ensuite de l'amour une définition qui me fit froid dans le dos.

— L'amour est une fatalité, dit-elle. Une fatalité.

Je trouvai l'église au bout d'une allée bordée de géraniums. Le bâtiment, construit dans les années soixante, rectangulaire et écrasé par un toit incliné, était dépourvu d'attrait, mais l'espace de verdure aménagé tout autour invitait à l'intériorité. Des chemins de pierres plates serpentaient entre des arbres fruitiers et des statues de personnages bibliques. L'herbe était grasse, les arbustes sauvages. Raoul avait choisi une oasis pour travailler. Je suivis le chemin vers la droite et détectai une odeur de peinture.

Un petit jardin ceinturé de haies vives fermait le parcours à l'arrière du presbytère. Le dôme des arbres et le muret de végétation tenaient la ville à l'écart. Des impatientes blanches donnaient aux plates-bandes un éclat de neige.

Raoul était accroupi devant une chapelle blottie dans le roc, le pinceau à la main. Les prie-Dieu et les bancs luisaient de peinture fraîche, aussi verte que la mousse des pierres. Des pots de peinture étaient posés sur un journal. Il avait laissé sa veste dans l'herbe, une bouteille d'eau miroitait au soleil. Je m'arrêtai: je surprenais un moment de bonheur.

Raoul passait doucement sa main sur les pieds d'un Christ cloué sur la croix, la tête renversée vers le silence de son Père, les côtes saillantes de ce souffle creux qui annonçait la mort. Son geste n'était pas appliqué, il était aimant, il accueillait la rudesse de la matière, sa plénitude et sa fatigue, les courbes nées des mains d'un autre homme, il les épousait, c'était presque une prière. Ce fut alors pour moi aussi une entrée dans la joie – en me remplissant les yeux des épaules de Raoul, de sa tête penchée, j'eus la même certitude et le même apaisement d'aimer. Le bleu du ciel resplendit, sa lumière plut sur nous. La brise se pressa contre moi, douce et chantante. Cet instant possédait une saveur d'éternité.

Raoul se sentit épié et se retourna. Étonné de me voir, il se leva et me reçut spontanément avec un baiser.

Il étendit sa veste sous un arbre et me fit cadeau d'un coin d'herbe à l'ombre. Puis il reprit son travail. Tout me parut si simple. Je ne vendais pas mon savoir-faire au téléphone, je ne m'inquiétais pas de l'avenir, les fourmis chatouillaient mes pieds nus, j'ondoyais avec les ramures des arbres, j'écoutais les mouvements de Raoul, ses pas, les grattements, les cliquètements de ses outils. Je me tournais parfois vers lui pour vérifier s'il était vraiment là, avec moi, comme lorsque j'étais enfant je m'assurais de la présence de mon père, réjouie de l'événement. Et je découvrais Raoul complètement absorbé par sa tâche, avec une précision que je n'avais vue chez personne. Il était vrai lorsqu'il travaillait, plus entièrement lui-même que lorsqu'il me tenait dans ses bras. J'estimai cela juste. Un oiseau chanta. Le Christ recouvra une blancheur immaculée.

Le curé parut à la fin de l'après-midi, en bermudas kaki. Des chaussettes de laine montaient jusqu'à ses rotules saillantes, il avançait à grandes enjambées, comme une grue. Il inspecta les lieux et hocha la tête en signe d'approbation. Raoul essuyait ses bras avec un linge, des éclaboussures de peinture et de plâtre avaient taché ses vêtements de travail et sa mâchoire. Il était gai que l'on fût satisfait de lui. Puis le curé nous invita à souper. Raoul rangea son matériel dans un cabanon et disparut à l'intérieur. Pour suivre le curé jusqu'à la tonnelle, je dus presque courir. Nous nous assîmes dans des fauteuils de rotin à moitié disloqués mais encore confortables. Le curé couvrit ses genoux de ses mains. Il me sourit. Je fis de même. Il témoignait de l'amitié à Raoul et cela me suffisait. Nous regardâmes les moineaux picorer sur le gazon. Nous n'entendions de la ville qu'un bourdonnement confus. Un avion traça dans le ciel un long sillon blanc, l'appareil était à peine visible mais sa traînée rayait tout l'horizon. Une femme se montra sur la galerie du presbytère. Le curé quitta son siège à ce signal.

La femme, diligente, son corps gras moulé par un tablier, nous précéda dans la salle à manger. Je n'avais jamais visité de presbytère mais mon imagination ne fut nullement défaite, j'avais prévu les boiseries, l'ordre des pièces impersonnelles, les rideaux légers devant les fenêtres, les crucifix au-dessus des linteaux des portes, l'imposant vaisselier et la table centenaire, conçue pour Jésus et ses apôtres.

Je tirai vers moi la première chaise. Le curé, comme il se doit, trônait au bout de la table. Madame Cossette vanta sa laitue, si tendre cette année, déplaça une plante en pot, afin que je puisse l'admirer, puis amorça sa navette entre la cuisine et la salle à manger. Elle apporta des tomates à l'huile, des haricots, un pain et un poulet rôti. Je commençais à m'ennuyer lorsque Raoul nous rejoignit enfin, vêtu d'une chemise blanche, douché, ses cheveux lisses encore humides. Je fus frappée par sa beauté. Peu convenue, elle ne se laissait pas aisément épuiser: elle avait ses accrocs, mon regard se promenait entre les détails imparfaits et l'ensemble d'une harmonie inattendue. Ce n'était pas la beauté du cinéma et de la mode, monotone dès le second regard. La beauté de Raoul était inégale, confondante. Il portait son âme sur son visage. J'étais fière d'être avec lui. Il débarrassa madame

Cossette d'un grand plat de riz, il était à son aise ici, il avait déjà ses habitudes.

La vieille cuisinière mangea avec nous et anima le repas de ses rires répétés. Elle s'esclaffa lorsque le curé renversa par mégarde son verre et que la bière gicla sur ses pieds, pouffa lorsque je faillis mâcher un pétale d'aster tombé sur mes tomates. Son hilarité était contagieuse. Le vieux curé la surveillait du coin de l'œil, complice. Même Raoul semblait détendu. Je ne partageais pas cette insouciance, mais ils n'avaient pas de meilleures raisons que moi pour l'éprouver. Raoul qui vivait au jour le jour, monsieur et madame curé qui étaient presque à bout de temps, avec un passé ample à en griser la mémoire et un avenir si resserré. Le curé se divertit encore d'un sous-entendu de madame Cossette, lancé la bouche pleine, avec une sorte de gourmandise. Ils rient au lieu de faire l'amour, pensai-je, voilà comment ils sont amoureux.

L'horloge sonna huit heures. Le curé termina son café et la cuisinière empila les assiettes. Nous remerciâmes nos hôtes pour le repas. Ils nous accompagnèrent à la porte. Je proposai à Raoul de marcher jusque chez moi. Il déplaça l'arroseur rotatif et ouvrit l'alimentation en eau. Les jets mitraillèrent la pelouse. Les fenêtres du presbytère réverbéraient la lumière grise du crépuscule, la tonnelle, diaphane, ressembla à du verre dépoli. Je ne désirais que la pénombre de ma chambre, pour y être seule avec lui.

Son visage, comme le ciel, comme le jardin, s'était assombri. Des nuages s'amoncelaient au-dessus des toits à l'est. Le soir me parut soudainement froid. Nous nous engageâmes sur le trottoir. L'après-midi était derrière nous, je le regrettais déjà.

— Je dois être de retour à dix heures, murmura Raoul.

Ses yeux plombés se cachaient de moi. Puis, d'un coup, il ajouta:

— Je dors au presbytère tant que j'y travaille. Je n'ai pas de domicile.

Je l'avais compris sans vouloir l'admettre. Je cherchai son regard et il me le donna, navré, presque honteux. J'eus un moment d'affolement. J'entrevis avec anxiété les difficultés: un amant errant, pour qui je m'inquiéterais, piégé dans une existence marginale, fréquentant les lieux mêmes du désespoir, luttant pour se garantir le minimum. Je supporterais mal le décalage entre nos modes de vie. Il allait nous diviser. Pourrais-je encore estimer Raoul? Je ne saurais où le trouver. Ni à quoi m'attendre. Pourquoi n'était-il pas un homme ordinaire, avec un logement et un compte en banque? Je pris sa main, elle resta inerte, il me serra à peine les doigts. Je me demandais comment il était arrivé à cette extrémité, mais tout ne pouvait-il pas basculer pour n'importe qui, n'étions-nous pas solidaires de nos itinéraires, où qu'ils nous mènent?

— Où dors-tu d'habitude?

— Dans les parcs et les refuges.

— Nous allons commencer par agir comme si tu avais une maison. Tu passeras la nuit avec moi quelques fois par semaine, je vais m'organiser en conséquence.

— Bien, acquiesça Raoul, mais je n'habiterai pas chez toi.

Sa réaction me déstabilisa. Il ne paraissait soulagé ni de son aveu ni de mon acceptation.

Il nous acheta des crèmes glacées à un kiosque illuminé. La vie continua cependant à m'apparaître menaçante, j'étais en totale empathie. Mais je projetais également ma peur sur lui alors qu'il mangeait avec entrain, s'acharnait à résister. J'admirais son courage.

— J'ai déménagé pour louer une chambre, mais même là je n'ai pas réussi à me maintenir à flot, je dépensais trop, d'abord pour mon matériel, et aussi, confessa-t-il, pour visiter Sarah et lui donner des cadeaux.

Il avait longtemps voulu la reconquérir, elle avait été la première femme qu'il avait véritablement aimée. Avait-il vraiment su l'aimer? La séparation avait été traumatisante.

— À partir de là, termina Raoul d'une voix morte, je crois que j'ai laissé aller les choses, tout s'est vraiment détérioré.

— Et ton atelier?

— À peine un placard où je peux entreposer quelques dessins et des pièces rescapées des brocanteurs. Ne t'en fais pas, je trouverai une chambre avant l'hiver.

J'étais éreintée, j'avais la tête molle et pleine de trous, comme un fromage. Nous avions déambulé sans nous presser et nous arrivâmes devant chez moi après neuf heures. Nous savions tous deux qu'il était préférable de nous séparer pour la nuit

— Madame Cossette ferme les portes du palace à dix heures et le petit-déjeuner est servi à l'aube, c'est bien ça?

Raoul leva les sourcils, ses sourcils en accent circonflexe que j'aimais tant.

— Reste encore un peu avec moi, ajoutai-je en lui ouvrant ma voiture.

Je ne pouvais le quitter sur ces faits désolants. Je voulais le coton de sa chemise propre, je voulais son affection, j'exigeais d'être consolée. Je pris ses épaules. Je ne demandais qu'à être nue auprès de lui. Je lui dédierais la longueur chétive de mon corps, la sensibilité exacerbée de ma peau, je renoncerais aux mots ou à toute autre protection, je désirais notre nudité là seulement où la nudité de nos êtres pouvait être célébrée.

Je ramenai Raoul au presbytère. Je me garai de l'autre côté de l'avenue. À dix heures dix, les dernières lumières du bâtiment s'éteignirent. Je patientai encore un peu. Je me retrouvais conspiratrice pour faire le mur d'un presbytère afin d'y rejoindre un amant artiste. Cette fois, la vie me parut plus imaginative qu'impitoyable.

Je traversai le jardin, ombre parmi les ombres. Je craignis dans le noir les barrissements de madame Cossette comme les malfaiteurs appréhendent un soudain jet de lumière. Un chat détala dans les fourrés. Je longeai le tapis laiteux des impatientes. Je fus rapidement sur la galerie. Raoul m'attendait à l'intérieur, la porte était entrebâillée. Il la referma précautionneusement. Il me commanda le silence en barrant ma bouche de sa main. La manœuvre le gênait, il trichait avec ses hôtes. Il me conduisit du vestibule à un long couloir. Les fenêtres renvoyaient les lueurs du dehors et fixaient sur les objets des contours flous; je m'appliquais à éviter les meubles, j'aspirais dans le sillage de Raoul son odeur – j'aurais pu le talonner les yeux clos. Un ronflement retentissant fusa de l'étage. Il révéla à notre expédition sa cocasserie, j'attrapai un fou rire. «Chut», me souffla Raoul, contrarié. Entre deux hoquets, je répliquai que cette maison infusait aux femmes une hilarité démente, et qu'après madame Cossette c'était à mon tour.

Il m'entraîna dans une chambre de bonne attenante à la cuisine. Elle ne contenait qu'un lit étroit, deux chaises et une petite table, mais elle était peinte d'un bleu joyeux. «La chambre de Van Gogh à Arles», plaisanta Raoul. Il nous y enferma avec soulagement.

La lampe de chevet éclairait un invitant couvre-pied rouge molletonné.

— C'est là, chuchotai-je, que le clergé cache ses servantes toutes chaudes et ses hommes de peine vigoureux?

Raoul resta au bord de la porte, maladroit, encombré de lui-même. Je le poussai sur le lit. Il s'étendit sur le dos, le regard enfiévré. Je m'introduisis sous sa ceinture, le saisis à la taille puis allai à la saillie sous le pantalon, je la dégageai des tissus, je m'émerveillais de ce qui s'offrait à moi, un membre dressé d'excitation, trésor conquis, mon peintre découvert. Il passa une main sous ma robe, ses doigts glissèrent, j'étais soyeuse. Il entra, il me tint de l'intérieur. J'étais prise. Il remua. Je me cambrai sur ses avances. Le désir me grisait, c'était de la lumière. Je rejetai mes vêtements. J'obtins en caresses l'air humide de l'été, les regards de Raoul. J'enlevai sa chemise, me réjouissant de ses épaules larges, de son torse nu. Avide, je visai sa bouche et en même temps je montai sur lui, je me dilatai sur sa raideur, la fleur marine de ma vulve, les lambris de mon cœur, plus extensibles encore – je l'avais au fond de moi, comment un autre être pouvait-il entrer si loin en moi, se lier si étroitement et si fermement à ma chair? Je me fondis en lui. Il me fit basculer et aviva ses ardeurs, ses hanches entre mes cuisses. Quel regard un homme plongeait-il dans les yeux de la femme qu'il pénétrait? J'observai le ravissement, l'absence. Raoul était mon compagnon sur ces incomparables rivages, il le serait également lors des plus périlleuses navigations. Le pacte était équitable. Il s'allongea sur le flanc, je me collai à lui. Je baisai ses paupières. Il prit ma tête sous son bras. Son haleine se mêla à mes cheveux. Je m'engourdis du silence du presbytère. La chambrette convenait autant à l'amour qu'aux dévotions, ils revendiquaient chacun leurs extases, ils provenaient des mêmes intuitions et s'attaquaient aux mêmes mystères.

Je me levai sur les coudes et contemplai Raoul. Il me retourna un regard songeur. Sous cette petite lampe à abat-jour ocre, à cette heure de la nuit, il était un peu plus qu'un homme, une créature aérienne aux ailes de papier, une luciole aux mains puissantes ruinée par le mal d'amour, il m'était apparu de nulle part et c'était à moi de guérir ses blessures.

Raoul ferma les yeux. Sa respiration s'approfondit. Je m'habillai, je réfléchis. Sa rupture avec Sarah l'avait jeté dans la dépression, il ne s'était pas encore remis de ses conséquences. Je le chérirais mieux qu'elle, beaucoup plus solidement, beaucoup plus loyalement. Le bleu des murs de Van Gogh me parut aussi radieux que mes espoirs. J'éteignis et m'aventurai dans le corridor. Je traînai au seuil des pièces silencieuses. Amante honorée, intruse, la nuit était mon bien, la maison m'ouvrait ses ténèbres fuyantes. Il n'était pas question de dormir alors que j'avais encore sur ma peau les rayonnements de l'amour.

Je gagnai la chapelle. J'enlevai mes souliers, l'herbe dentelée piqua mes pieds. Le Christ, tout blanc, émergea dans le noir. Sa torture et sa solitude, mais aussi sa foi et son aura de surnaturel furent singulièrement éloquentes. Je posai ma main sur sa tête, comme s'il était un vieil ami. Puis je tentai de deviner quelle fenêtre du rez-de-chaussée abritait le sommeil de Raoul. Je m'émouvais de le savoir à quelques mètres, dans cette grosse maison lancée dans la nuit comme un navire sur une eau calme. Je tardais à partir, ce jardin obscur gardait si bien mes émerveillements. Puis mon automobile déglinguée me ramena chez moi comme sur un nuage.

Je vis dans le miroir de la salle de bains le pourpre de mes pommettes et de mes lèvres gercées, mes cheveux de travers, mon regard allumé, mon air béat. Le visage de l'amour enflammé. Était-il beau ou hagard? Mon Q.I. s'était sans doute délesté de quarante points. Je fis hâtivement ma toilette et m'affalai sur mon lit, étourdie, préoccupée et sans force. Le sommeil me prit à l'aube. Je dormis dans l'effervescence. Je me levai quatre heures plus tard, avec la même agitation, une migraine et le souvenir de rêves incohérents. Je me sentis plus solide après le petit-déjeuner. Je me préparai à recevoir mon naufragé, mon dormeur favori. Je parcourus mon appartement avec un ruban à mesurer. Je n'avais pas d'espace pour un lit double. Il me fallait pourtant rapidement une solution. Mon minuscule trois pièces était si encombré que même le rangement d'un autre matelas posait un problème. J'empilerais simplement le nouveau sur l'ancien: en l'absence de Raoul, j'aurais un lit surélevé; en sa présence, il se dédoublerait. Je lui offrirais la moitié verticale de mon lit plutôt que sa moitié horizontale. C'était peu orthodoxe, mais la moitié de mon lit irait tout de même à lui. Je me procurai une literie aux tons masculins, je lavai et repassai les draps pour les adoucir. Je suspendis la couette dehors afin qu'elle s'imbibe du parfum de l'air et du soleil. Je me plus à imaginer le sommeil paisible de Raoul sur cette couche assemblée par mes soins. Je n'avais que trop souvent d'autres visions. Elles m'étaient intolérables, je luttais pour les éconduire. Je me répétais de ne pas être si maternelle, de m'écarter de ces tableaux de misère, il les approchait plus exercé que moi, il était plus fort que moi. Je lui donnerais le meilleur de moi-même lorsqu'il serait avec moi, il ne me demandait rien d'autre. Mais comment vivre en paix alors qu'il était en difficulté?

En sa compagnie, je n'étais pas aussi craintive pour nous deux. J'aurais aimé qu'il me téléphone, mais il ne se manifesta pas et, après trois jours, j'allai au presbytère comme à une fête, avec une petite robe marine et des gâteaux à dévorer au lit. Raoul terminait son engagement le lendemain. Le bâtiment avait acquis grâce à lui un air coquet, même le jardin semblait rafraîchi. L'église, à côté, ressemblait toujours à une caisse aplatie par un couvercle trop grand.

Les cloches sonnèrent sept heures lorsque j'arrivai. Le timbre était vif et gai, il me saluait. Madame curé se berçait sur la galerie, une couverture de coton sur les jambes. «Votre ami, me dit-elle, est dans sa chambre.» Elle me permit d'entrer. J'oubliai de feindre de ne pas connaître le chemin; oublia-t-elle de faire semblant de me l'indiquer? La maison sentait les pommes cuites. Mon cœur carillonnait un trouble impatient. Je frappai à la porte de la chambre. Raoul répondit à travers la cloison. Son visage s'éclaira dès qu'il m'aperçut. Il consultait un catalogue, assis les jambes croisées et les doigts de la main droite au menton, sa pose habituelle.

Je lui donnai l'accolade et m'installai au bout du lit, près de sa chaise. Nous nous établîmes immédiatement dans l'harmonie tranquille qui était la nôtre. Je lui parlai du matelas: «Ton lit t'attend, c'est quand tu voudras.» Il acquiesça et me serra les mains. Il avait légèrement rougi. Il feuilleta pour moi les pages glacées du catalogue, m'indiquant les œuvres et les artistes d'importance. Sa mémoire était remarquable, il caractérisait presque chaque peintre ou sculpteur par une anecdote, il rehaussait les pièces de ses commentaires. Les expositions d'art religieux étaient peu fréquentes et constituaient pour lui une précieuse source d'inspiration et de renseignements. Il parla longtemps. Ses propos m'intéressaient, mais sa bouche me captivait davantage, et au bout d'un moment, je grimpai sur ses genoux et je lui soutirai un baiser. Il me précéda sur le lit. Je lui dis que notre liaison m'effrayait souvent mais que j'en étais heureuse. Il jugea ma peur légitime. Il m'enlaçait; je retrouvais sa pesanteur odorante et son souffle: j'entrais chez moi. Il eut ces regards émus et douloureux, derrière lesquels je ne voyais pas. Il s'endormit dans mes bras.

Le matelas me fut livré le lendemain à midi. À quinze heures, Raoul s'annonça. J'eus le temps de préparer à manger et d'effectuer une brève revue de mon appartement. Je l'aurais voulu splendide, digne d'un roi, malgré tout contente de simplement le partager: le vaste balcon si près d'un grand arbre qu'il y était presque suspendu, les meubles entassés, les livres qui affichaient mes centres d'intérêt, la nappe blanche, offerte par ma mère et jamais utilisée jusqu'ici, les biscuits, les amandes et les noix dans leurs bocaux de verre, le soleil qui carrelait en cette saison le mur de la cuisine à quatre heures moins vingt, l'atmosphère de calme dont je m'entourais et le désordre qui me caractérisait. Pour la première fois, Raoul et moi acceptions la nuit et le matin ensemble, nous allions nous réveiller les yeux bouffis et la bouche pâteuse, nous regarder sans dérivatif, dans la proximité révélatrice des moments les plus ordinaires. Le passage était significatif et intimidant.

Raoul sonna. Je me précipitai sur lui avec l'exubérance d'un jeune chien. Il ne répondit pas à mes effusions. Sa froideur me désarçonna. Il fixa le matelas encore emballé debout dans le couloir et gagna la cuisine, livide.

— Tu n'aimes pas le matelas, lançai-je de l'autre pièce, en rangeant sa veste dans le placard.

Ma voix était faussement riante. La soirée prenait une tournure imprévue qui ne préfigurait rien de bon.

— Non, justement, répondit-il.

Voilà, me dis-je, notre première crise. Mon cœur battait sourdement dans mes oreilles. Je rejoignis Raoul à la cuisine. Le soleil tombait sur ses pieds. Il avait un air lugubre. Les fruits sur la table, les broderies de la nappe, mon décolleté et mon soutien-gorge pigeonnant, la musique au salon me parurent horriblement déplacés, je me sentis stupide.

Il parla tout à coup, ses lèvres remuaient et cela me faisait mal.

— Je ne peux pas rester ici, je ne suis pas de cette époque. Je vais naître dans deux ans. Je veux dire, en fait, je ne suis pas encore né, je viens de l'avenir.

Il ne me cacha pas son visage défait par la terreur, il braqua sur moi sa tragique vérité.

— Je sais, c'est absurde, c'est incroyable, mais c'est comme ça. Je n'y peux rien. Quelque chose s'est produit. Je ne sais quoi.

Il s'engage en voiture sur un pont qui traverse un large bras de rivière. Une vapeur blanchâtre flotte au-dessus de l'eau. La visibilité est mauvaise. Ses phares antibrouillards s'allument. Le crépuscule flambe dans la lunette arrière du véhicule. Une lueur sanguine mêlée d'ombre pénètre l'habitacle et colore ses mains fermées sur le volant. Elle l'immobilise sur le pont désert, il a l'impression qu'il roule sans avancer. Il s'étonne de la couleur des choses, du silence assourdissant, de ce mouvement suspendu.

Un banc de brouillard couvre soudainement la rive et les champs, gomme le ciel, arrache à la vue un tronçon de la chaussée. Il arrive, implacable, énorme, obstiné. Il se plaque aux vitres. Immédiatement, il le coupe de tout. L'autoradio se tait, les jets des phares sont avalés. Il est enseveli sous ce gaz lactescent, il croit étouffer. Il appuie sur les freins mais ne discerne aucune décélération. L'indicateur de vitesse marque toujours soixante kilomètres-heure, les pneus tournent sans heurt, les nids-de-poule sont effacés, aucun autre véhicule ne circule.

Raoul ne me quittait pas des yeux, ce regard était la seule passerelle entre ce qu'il me tendait et ce que je refusais, entre ses propos insensés et ma raison qui se hérissait. Mon regard disait: je te suis, je reçois ton épouvante, j'absorbe tes sensations, mais je ne sais plus qui tu es. Son état d'esprit me perturbait bien au-delà du contenu de son récit. Mon Dieu, pensais-je, l'homme que j'aime est malade, il perd parfois le sens de la réalité. Je m'efforçais de contrôler mon désarroi et mon envie de pleurer. Raoul m'entraînait dans son brouillard sans trouée, mais quoi qu'il dise ou fasse, je n'aurais pas peur de lui.

Il abaisse la vitre. Il ne reçoit pas de vent, seulement de la moiteur et une odeur qu'il ne peut identifier. Sa confusion augmente. Il ne sait plus où il se trouve, quel jour il est, d'où il vient, comment qualifier ce nuage. Il se demande si ces mains, ces bras sont à lui. Il ne reconnaît pas ses gestes, son corps lui est devenu étranger. Il n'a déjà plus d'identité. Il est blanc, il est un banc de brume, il dérive dans une sensation d'apesanteur. Il panique. Il distingue à travers le nuage un filament d'une grande brillance, à droite de la voiture, puis un autre, et un autre, disséminés dans l'espace tout autour, un peu penchés, à la verticale. Les foudres stationnaires étincellent sans un son. C'est à la fois effrayant et beau.

Je vis ces éclairs dansants encercler la voiture comme autant de fils destinés à l'emporter, comme des orages furieux et intimes, comme les éléments du ballet de folie au sein duquel Raoul était séquestré. L'image était saisissante.

Curieusement, il se sent euphorique. Il a renoncé à conduire et à comprendre. Il ne s'appartient plus, son véhicule ne lui répond pas, il se laisse submerger par la houle et cette reddition lui est bonne. Les cadrans lumineux du tableau de bord clignotent. Sa conscience est bombardée par des images de lieux et de gens qui lui sont inconnus, il en est détaché et il ne tente pas de les interpréter. Puis il observe encore tout avec une extraordinaire netteté: l'épaisseur du brouillard, les minces colonnes de lumière, les processus du véhicule déréglés. Un instant très bref. Une forme noire se détache du brouillard, droit devant lui, elle se précipite sur le pare-brise, quelque chose bouge contre la vitre, quelque chose de vivant et de soyeux, et cela pousse un cri, une aile bat, un merle s'envole. La brume se lève au même moment. L'autoradio transmet un chant de femme. Les pneus mordent l'asphalte. Il atteint l'autre rive et gare sa voiture au bord de la route. L'or déclinant du soleil est toujours là.

Demeure l'angoissante distance entre lui et lui, entre lui et la tombée de la nuit. Il se retourne. Le pont est en béton armé, avec une arche. Un ouvrage imposant qui lui inspire de l'effroi. Par sa masse? Par l'oblique qu'il trace entre les berges, du point de vue d'où il se trouve? Par l'étrange épaisseur de sa réalité? L'atmosphère est limpide, même autour des lampadaires. Il n'a jamais vu de si vétustes lampadaires. Un souffle frais s'introduit dans la voiture, porteur d'une odeur de terre détrempée. Il aspire l'air vivifiant. Il remarque les machines agricoles devant un hangar bleu, contemple les champs obscurs et fait l'effort de revenir à lui-même. Il tire son portefeuille de sa veste, examine les cartes plastifiées, lit les informations inscrites: nom, sexe masculin, yeux bruns, 1,79 m, une adresse, des numéros de dossiers, des cartes de débit pour les institutions financières et les services de santé, des papiers informels par lesquels il espère acquérir de la consistance. Il en gagne peu, mais il se fie du moins au nom de la ville et à l'adresse. Il va commencer par s'y rendre. Il compte retrouver son chemin jusque chez lui.

Raoul plissa les paupières.

— Je le cherche encore, je ne cesserai pas de chercher, dit-il.

Ses paroles me lacéraient le cœur. Je comprenais pourquoi il restait aux abords des églises: ce n'était pas seulement par amour de l'art, elles constituaient ses seuls repères, sous leurs voûtes centenaires il oubliait qu'il s'était perdu. Les églises du futur dans lesquelles il s'imaginait avoir travaillé et les églises du présent étaient identiques. Elles étaient des sanctuaires dans le temps. Raoul s'agrippait à la vie par sa passion du travail, là seulement se reconnaissait-il encore. J'avais cru lui offrir une terre ferme, comme il en était une pour moi – mais j'étais une île trop petite, déjà il me quittait, je ne voulais pas qu'il s'éloigne de moi, que le délire le travestisse et me le vole. J'avais pourtant été avertie. Une éventualité écartée avec légèreté des semaines plus tôt s'actualisait brutalement, ses conséquences dramatiquement amplifiées. Mes appréhensions me rattrapaient. Avais-je vraiment à supporter cette scène lancinante, trop intense, était-elle bien mienne?

— Je peux voir tes papiers?

Il ne semblait pas réfractaire aux arguments logiques, je souhaitais le raisonner.

— J'avais une veste de cuir synthétique, on me l'a volée. Mes papiers étaient dedans.

Il pointa du menton le couloir.

— J'ai eu l'autre à l'Armée du salut.

La réponse était facile. Raoul ne me fournirait aucun élément tangible susceptible d'invalider son récit. Sa tenue vestimentaire, si peu caractérisée, aurait pu correspondre à celle de n'importe quel homme des derniers cinquante ans.

— Et ta voiture?

— J'y viens.

Il roule au hasard, toute la nuit, et une partie du jour, complètement hébété. Son ordinateur de bord ne reçoit plus les données du système de positionnement par satellite. Il voit des habitations, des véhicules et des gens conformes aux paysages des vieux films de son enfance. Dans chacune de ses images mentales, il est en exil. Il ne peut se dire: «Ce décor est le mien, cet événement m'affectera», rien ici n'est à lui ni pour lui. Il n'a pas d'emplacement dans la suite des choses, il est une anomalie. Il ne peut reculer ni changer de direction. Ses appels ne sont pas entendus. Il n'a pas de contemporains. Personne n'a été tissé par son époque, n'a été nourri des mêmes matériaux que lui. Son point de vue est unique et il y est enfermé. Lorsqu'il essaie de réfléchir sur ce qui s'est passé, sa tête éclate. Il aurait dû mourir. Il est complètement isolé dans cette ville, pourtant tout lui est familier jusqu'au dégoût. Les débats, les enjeux, l'esthétique, tout est déjà révolu. Périmé, naïf, insupportable. Les paramètres se répètent, il ne peut plus progresser. Il évolue dans une oppressante claustration de l'esprit.

Raoul couvrit sa bouche de son poing. Je lui touchai le poignet.

— Tu n'es pas seul, dis-je. Et puis les églises sont à toi, et les arbres, et les couleurs. La nourriture est aussi bonne à prendre. Les sentiments sont les mêmes. La vie reste entière.

Raoul me décocha un regard dans lequel je me vis avec détresse déjà *autre*, distancée, et il affirma qu'avec moi il avait un moment réussi à s'insérer dans le présent, que l'amour était toujours neuf, un espace de repos et un recommencement, que près de moi le temps avait relâché son emprise sur lui. Mais c'était faux, le temps de la trêve était écoulé, son passé revendiquait ses droits et le poursuivait à nouveau.

Je bus un peu d'eau d'une main tremblante. Les yeux de Raoul erraient sur le mur. Il rassemblait ses idées et reprit sa narration d'une voix plus ferme.

— Je n'osais pas descendre de la voiture. En m'arrêtant, je craignais de conférer à ce paysage une densité qu'il n'aurait pas dû avoir. Mais j'ai recouvré suffisamment de lucidité, j'ai compris que seul le temps me séparait de moi-même. Alors un inversement est survenu: je n'étais plus un amnésique au sein d'un temps continu, mais un homme normal dans un temps disloqué. Je me suis souvenu de qui j'étais, mais je ne possédais plus aucune coordonnée temporelle. La pile de mon véhicule faiblissait. Je me suis approché de ce qui ressemblait à un poste de ravitaillement muni de pompes rudimentaires. Avec ce type de carburant, mon moteur de relais risquait de tomber en panne. D'ailleurs, avec quoi aurais-je payé? D'où je viens, l'argent liquide n'a plus cours. Je suis resté dans les chemins de traverse le plus longtemps possible, puis ma voiture s'est arrêtée. Je l'ai abandonnée dans le bas-côté. Je suis parti à pied. J'ai haï la terre sous mes semelles, l'air pur, le pépiement des oiseaux. J'ai traîné dans les environs, dormant dans les champs, ou dans la forêt, fouillant les poubelles des arrêts routiers pour me nourrir. Un matin, j'ai pensé que si je supportais cette journée, les heures d'ensoleillement puis celles de la nuit, je supporterais également celles de demain, et celles d'après-demain. Les heures ont passé, j'ai résisté. J'ai fait des petits travaux chez les agriculteurs en échange d'un repas, d'une douche, d'un lit. Je cherchais toujours ce brouillard à traverser. Je demandais aux gens s'ils avaient vu une nappe de brume avec des éclairs au milieu. Je devais avoir un drôle d'air... J'ai commencé à attirer l'attention. J'ai préféré me rendre en ville, je savais que j'y trouverais des services communautaires, que je parviendrais à y survivre.

— Et ta famille, et Sarah?

— Elles existent, mais dans le futur.

— Ta faillite? Ton atelier?

— Je t'ai menti. Je vis mal, comme la plupart des artistes, mais j'ai là-bas un logement décent.

Je frémis. Je ne parvenais pas à joindre les diverses facettes de Raoul, celui qui avait admis son dénuement et celui qui le niait, celui qui me réclamait dans l'intimité et celui qui ne réagissait pas à mon affection, celui qui peignait dans le calme et celui qui m'avouait son enfer. D'une voix tendue, qui sonnait faux, je tentai encore de le confondre.

— Tu connais alors les événements à venir.

Il secoua la tête.

— Je ne ramène pas de séquences ordonnées et linéaires, mais des images, des *zeitgeist*, des esprits du temps qui ne sont pas encore. Ma mémoire a été atteinte. Elle se compose de fragments épars. Même ma propre vie reste chaotique, comme un film dont les scènes ont été assemblées sans suite. Des moments isolés, qui ne semblent dépendre d'aucune causalité. Je sais que Sarah est partie, j'ignore pourquoi, j'ignore comment je l'ai connue.

— Mais tu m'as très nettement décrit ta famille.

— Une toile mouvante dont j'ai fait partie.

Ces explications me désolaient. Raoul s'était muré dans une cohérence interne qui lui permettait d'échapper à ses contradictions. Par cette alliance de l'estompé et du fait précis, il circulait librement, il amenait au jour les créations de son esprit sans qu'aucune réfutation n'ait de prise sur elles. La cohésion de son système reposait sur la souplesse et la porosité; son délire était redoutable.

— Tu es un voyageur évasif, murmurai-je.

Alors Raoul me parla de son époque, sans implication émotive, analytique, comme l'eût fait un sociologue. Cela sonnait faux. Essentiellement une tension entre deux pôles: d'un côté, un climat de violence et d'instabilité, des conflits hétérogènes, localisés et nombreux, des entreprises et des organisations maffieuses qui ont plus de pouvoir que les États, alliés par leur culture; de l'autre côté, paradoxalement, un humanisme qui s'affirme, les individus qui défendent farouchement leur identité et leur santé mentale contre les multiples agressions psychiques, la publicité, la drogue, la désinformation, le chômage, l'intégrisme, la complexification toujours croissante de leur monde, les inégalités provoquées par une technologie sophistiquée régentée par une élite financière.

— Ton futur est une accommodante projection du présent. Il n'a rien d'inédit.

— Tu veux des détails plus savoureux? Le recours à la chirurgie plastique est monnaie courante. On a mis au point une peau artificielle, même une peau transparente. On la porte où l'on veut. L'avant-bras gauche est très à la mode. Mais c'est trop cher pour moi... Plus personne n'a de cheveux blancs, sauf quelques chanteurs extravagants, on a freiné la perte de mélanine. Les expériences de sortie hors du corps sont scientifiquement contrôlées, mais on ignore toujours si l'esprit est plus qu'un substrat du cerveau. Les femmes dénudent leurs seins l'été, ce n'est plus considéré comme indécent. Le premier ministre est un ancien astrologue. La réalité virtuelle sert à tout, à soigner les phobies comme à essayer les maisons à vendre.

Des hélicoptères biplaces coûtent environ le même prix qu'une voiture haut de gamme. La défaite de la guerre contre la drogue est admise, mais les politiciens qui militent pour sa légalisation se font assassiner. Le tourisme dans l'espace est populaire, pas autant cependant que les médicaments psychotropes et la police écologique mondiale. Les insectes fournissent des pâtés de protéines de haute qualité vendus à bon prix. Le sida et les nouvelles souches de tuberculose, qui vous inquiètent tant, sont vaincus, mais les virus et les bactéries sont toujours nos seuls concurrents pour la suprématie de la planète. Ce qui fait peur maintenant, c'est le kinapan, un virus venu de Bornéo. Il coagule le sang dans les veines. Les vaisseaux sanguins ressemblent à du plastique mou en moins de douze heures. On meurt avant, bien entendu.

Raoul se tut. J'avais cessé d'être réceptive. J'aurais pu lire ces spéculations dans n'importe quel ouvrage de futurologie. À quoi d'ailleurs m'étais-je attendue?

Le seul avenir auquel j'ajoutais foi était indéfini. Toute tentative pour s'emparer du futur tenait de la caricature ou du jeu. Je n'avais que faire d'une nouvelle Renaissance, de vieillards aux chevelures d'enfants, de sauterelles comestibles et de micro-organismes horrifiants.

— Que faisais-tu sur cette route, ce soir-là?

Il inspira.

— Je ne sais pas.

— Tu n'as jamais tenté de récupérer ta voiture?

— Je ne suis jamais retourné là-bas.

La conversation s'enlisait. Je regardais les mains de Raoul, je lui parlais silencieusement, je suppliais: «Prends-moi dans tes bras et cessons ces échanges aliénants, reviens-moi, aie envie de guérir.» J'implorais un miracle.

Je servis une lasagne brûlée que nous avalâmes dans un silence pénible. J'avais le cœur au bord des lèvres, je menais un monologue intérieur très serré: mange, ne tente même pas de délibérer, tout sera plus clair demain, n'interroge pas, concentre-toi sur ton assiette, garde la face, ne montre pas ton affliction. Puis arriva l'instant redouté: Raoul se leva et me remercia. Ses mouvements étaient déterminés, il était inutile de le retenir. J'apportai sa veste, je demandai d'une voix cassée ce qu'il allait faire. Il me dit, abattu: «Comme les autres jours», et j'eus droit à un léger baiser sur la joue. Il partit ainsi, sans une hésitation et sans un regret. Je restai encombrée de ma stupeur, de ma peine et de mon matelas. Dès que la porte se referma sur lui, j'éclatai en sanglots, je pleurai jusqu'à ce que je fusse près de vomir. J'allai au lit et le sommeil me secourut. Pas très longtemps. Je revenais souvent à la conscience. Une incrédulité totale me soufflait à la tête et maintenait mes yeux fixes dans le noir. Raoul s'était amputé de la réalité et il s'était séparé de moi. J'avais à intégrer cette double rupture. Mais était-elle sans appel? L'horloge marqua quatre heures. Où dormait-il, avec quelles apparitions se débattait-il? Je rêvai de lui: je marchais dans son corps, je m'écroulais sur les genoux et je me relevais; ou bien je me regardais dans un miroir et j'avais sa barbiche, un torse d'homme et un sexe de femme. J'étais double. J'étais lui.

Je passai les jours suivants vide et étourdie comme à la descente d'un manège. Mon matelas, lourdaud et superflu, la facture encore agrafée à l'emballage de plastique, était le trophée de ma déconfiture. Je n'y touchai pas. Je l'avais acheté dans un établissement nommé Matelas Bonheur et cette signature me narguait. Puis j'appris que le centre de documentation n'avait pas retenu ma candidature. Je n'irais pas galoper avec mes descripteurs sur les admirables moissons de Hubble. L'échec me dépita. On me téléphonait parfois: des collègues venaient aux nouvelles. Avec eux je blaguais, je fanfaronnais. Mais c'était Raoul que j'aurais voulu entendre: le tumulte de notre soirée me gagnait, je réverbérais encore la virulence de nos émotions dans la douceur de nos voix. J'avais besoin de rétablir l'harmonie, de taire mon affolement, et je ne pouvais y parvenir seule puisqu'il était né de lui. Mais quel allègement en espérer? Sa psyché était fracturée, il était imprévisible. Mes amies le disaient, je me l'étais assez répété moi-même: évalue les signaux qui te parviennent; si un feu rouge s'allume, fais demi-tour, renonce à la liaison, évite les ratages. Raoul avait semé derrière lui une spectaculaire série d'ampoules clignotantes. Je n'avais qu'à faire mon deuil de lui, je m'étais battue trop chèrement pour mon équilibre. J'attendis encore. Je me tenais en bride. Je me rappelais qu'avant lui ma vie ne comportait pas ces nuits et ces jours d'alarme. Raoul ne téléphona pas. Je me cramponnais à ma routine quotidienne. Je visitais des clients, j'allais au cinéma, je consultais des livres. Une tumeur ou une maladie vasculaire au cerveau, l'absorption de drogues, un gène maniacodépressif pouvaient provoquer des états paranoïaques et dépressifs dans lesquels la notion de temps était perdue. Je me confiais à Rose. Elle ne voulut d'abord pas croire au départ de Raoul et à ses divagations, mais elle se rendit à l'évidence. J'étais secouée, je ne plaisantais pas. Elle me demanda si je l'aimais encore. «Je ne peux pas aimer un homme qui souffre d'une grave maladie mentale», répliquai-je. Mais sans doute voulais-je dire que je n'en avais pas le droit, que c'était interdit à toute femme avisée. «Tu te mens à toi-même, fit Rose, et ça, c'est pire que tout.»

Je tâchais en effet de nier une vérité gênante, j'aimais Raoul en dépit de sa déraison et de sa volteface. J'avais été maladroite avec lui, je ne lui avais pas expliqué que je supportais mal son retrait. Je me le représentais près de moi, je jaugeais ma réaction: spontanément mon cœur se gonflait, j'étais indifférente aux périls, j'étais en territoire enchanté.

Je devais au moins lui communiquer mon attachement. Il n'était peut-être pas trop tard. J'avais affaire à un accidenté. Quand on avait atteint son degré de sensibilité et d'intériorité, les faits n'étaient pas des faits, les sentiments devenaient plus que des sentiments: des espaces fluctuants qui se saturaient d'impressions jusqu'à l'intolérable. Raoul était à découvert. Quelle confiance en lui-même et en autrui gardait un être dans sa condition? Je lui prouverais que j'étais digne de confiance. Avoir confiance. Cela s'adressait également à moi. Courage, me dis-je, il suivrait un traitement, il reviendrait à lui et à moi, il cesserait d'être cet homme à éclipses, coincé entre un futur chaviré et un passé obsédant.

Je rêvai à nouveau de lui. J'étais dans une salle d'hôpital, près d'un enfant malade, un garçonnet d'environ sept ans, aux cheveux foncés et au teint blême. Il avait les yeux cernés de noir, il me souriait. Il tenait un jeu de cartes. Je ressentis de la compassion pour lui et mes réticences au sujet des risques de contagion s'envolèrent. Je m'offris joyeusement à être sa partenaire de jeu. Heureux de ma proposition, l'enfant m'invita à piger deux cartes. Je tirai le roi de trèfle et le roi de cœur. Je dus abattre une carte, je lui remis le roi de trèfle. Le garçon me demanda alors de bien regarder celle qui me restait en main: mon roi de cœur était maintenant un Christ en robe blanche sur fond de ciel bleu.

Le songe raffermit ma décision. Je n'avais rien à redouter de Raoul, puisque grâce à lui je détenais la plus sublime des cartes, celle de l'amour total. J'étais éberluée par la puissance du symbole. Il rendait compte de ce qui se passait en moi. Peut-être s'agissait-il d'une forme d'envoûtement. Mais c'était aussi une mobilisation de toutes mes forces.

J'appelai Rose: si Raoul revenait au restaurant, elle devait immédiatement me téléphoner. Je ne fus même plus fâchée de mon désœuvrement, il me laissait entièrement disponible. Je flairais l'odeur de Raoul sur mes vêtements, je pressais sa statuette contre mon cou, je fantasmais souvent son retour: il sonnait, il disait: «Je me suis trompé, je suis bête, je ne te quitte plus.» Je le retenais sur ma poitrine avec un profond soulagement, tout autre dénouement aurait été une aberration, chaque chose retombait à sa place, lui, moi, le soleil dans l'azur, mon immeuble dans la rue, les meubles le long des murs, les ensembles s'unifiaient, nous ne pouvions déranger pareille loi. Je déambulais dans les rues et je voyais Raoul partout, dans une barbiche courte, dans la courbe d'une épaule, un profil qui se détournait. Les hommes conservaient sa trace comme si son essence eût été disséminée par sa disparition, je la pourchassais jusqu'au vertige. Je tournais au coin d'une avenue, j'étais convaincue de le surprendre au pied d'une église, silhouette sombre sous l'ombre et le roc, mais l'esplanade était vide et je retournais dans le fourmillement des trottoirs, au milieu d'individus dont je ne supportais ni les démarches nonchalantes ni les visages absents. J'aurais voulu d'un paysage lunaire sur lequel mon regard aurait porté à l'infini, jusqu'à lui. Je souhaitais l'arracher aux éblouissements du soleil et à la noirceur de la nuit, ne pas contribuer à son bien-être était un mal qui me brûlait aux os. Le revoir devint plus qu'une nécessité: un état d'urgence que je soutenais tant bien que mal. Je me cognais douloureusement à son silence, il était propice à toutes les débauches de l'imagination. Je me le figurais dans la lueur mauvaise des rues juste avant l'aube, égaré dans ses songes, muet de désespoir alors que tout était agression, les enseignes et les vitrines, les véhicules d'un autre temps et les étoiles d'un autre ciel. Il ne possédait aucune promesse de délivrance. Je redoutais le pire, un suicide, une psychose, un affrontement avec des hommes violents. Comment se sentait-il, pourquoi ne téléphonait-il pas? C'était par la cruauté du silence que j'éprouvais véritablement son départ: le monde s'était tu et je n'écoutais que mon attente.

Enfin, il y eut une éclaircie. Raoul fut signalé au restaurant – dix jours après notre dernière soirée, un peu avant treize heures.

Je m'y précipitai. Je conduisis mal, fonçant devant les autres véhicules, brûlant les feux rouges – je notai la métaphore –, l'idée d'arriver trop tard et de rater Raoul me paniquait.

La salle était comble. Je m'arrêtai à l'entrée pour me ressaisir, je transpirais, je n'avais pas toute ma tête. J'avais ses traits en moi comme une clameur. J'avalai les contours des gens les uns après les autres à folle vitesse. Je ne distinguai Raoul nulle part. Hélène tapa sur mon épaule et me salua en agitant sous mon nez le boa suspendu à son cou. Je m'efforçai d'être aimable.

— Où en est ton livre? questionnai-je sans curiosité.

— Ah!

Hélène exultait.

— Il avance bien. J'ai réglé mon problème. Mon roman n'aura pas de fin. J'écrirai quelques lignes tous les jours, j'irai de rebondissement en rebondissement... J'inventerai au fur et à mesure. Je serai Shéhérazade, par mon récit je tiendrai le destin en haleine. Il y aura toujours de nouveaux personnages et personne ne mourra jamais.

— Tu vas devenir immortelle?

— Non! J'évoquerai tant de destinées inachevées que ma propre fatalité s'y perdra. Je l'annule en quelque sorte.

Elle me montra un cahier aux pages froissées couvertes d'une écriture anguleuse, presque sans ratures.

— C'est une bonne idée, dis-je distraitement.

Mon indifférence était flagrante. Je la regrettais mais il m'était impossible de faire autrement. Rose vint à la rescousse. Je la vis arriver, avec son tablier à tournesols, sa queue de cheval, ses sourires distribués à la ronde. Elle se faufila entre les tables à petits pas pressés comme si elle dansait, la tête droite et les hanches pivotantes. J'avais oublié à quel point elle m'était chère. Je serrai sa main.

— Il vient de sortir, dit-elle immédiatement.

Elle ajouta, taquine:

— Tu nous négliges depuis quelque temps, dis, tu ne venais quand même pas pour chasser le mari?

Je filai, j'aboutis dans la rue les sens en alerte; je regardai autour de moi avec une attention chargée d'espoir. Personne ne la retint. Je m'affolai. Quelle direction prendre? Je décidai de miser encore sur les églises. Je courus du côté de la première que nous avions visitée. Je me remémorai avec nostalgie notre promenade hésitante. Si j'avais alors su que la présence de Raoul me causerait tant de joie et s'avérerait si volatile, j'en aurais davantage profité, j'aurais allongé le temps et clamé ma prospérité. On croit toujours que ces occasions de bonheur se répéteront jusqu'à satiété.

Je parvins à l'église. Sans Raoul, je captai peu de sa beauté. Les portes étaient verrouillées. Je fis fébrilement le tour du bâtiment. Je m'étais trompée. Découragée, je rebroussai chemin. Quel îlot d'immeubles, quelle avenue l'avaient englouti? Je scrutai avidement les trottoirs. Contre toute attente, je l'aperçus. Sa barbiche noire, son long torse, ses cuisses robustes, ce port du corps comme une masse lente, puissante, déchirée. Je me figeai. J'avais les jambes molles. Il était debout près d'une bouche de métro. Il tendait la main. Je détournai le regard. Je ne supportais pas de le voir mendier. J'avançai quand même. Il ne disposait d'aucun autre recours. Je ne pouvais fuir cette vérité. Je me concentrai sur sa main. Ouverte. Offerte. Les phalanges en saillie, la paume large, les doigts fins, la chair du pouce bombée, une main parfaite, une sculpture de pierre douce. Elle disait le désarmement et la patience. Je voulus la posséder. Elle s'abaissa. Raoul me dévisageait. Je ne lus ni déshonneur ni détresse: seulement une obstination à survivre. Il parut heureux de me voir. Il ne tenta aucun geste vers moi. Je l'examinai de la tête aux pieds: rien ni personne ne l'avait abîmé, il était seulement mal rasé et sale. J'en fus aussitôt égayée.

— Comment vas-tu? dis-je sottement, en enfonçant mes mains dans mes poches.

— Je m'arrange, fit Raoul de sa voix éteinte et murmurante. Et toi?

— Moi aussi, répliquai-je avec neutralité.

Puis je me corrigeai:

— Je suis malheureuse sans toi, ajoutai-je. J'aimerais bien t'aider.

Il amarra son regard au mien puis le fit brusquement dévier au-dessus de mon épaule. Il avança sur le trottoir. Je lui emboîtai le pas. Ma tension s'évanouit, mes pieds étaient lestes. La magie opérait, je ne manquais de rien auprès de lui.

— Il y a un endroit, dit Raoul, où je voudrais beaucoup aller, si tu voulais bien m'y conduire.

— Une église, devinai-je.

J'étais complice, les intonations de ma voix, si légères, des cerfs-volants dans le vent.

— Elle abrite un chef-d'œuvre unique, la seule excursion d'un grand portraitiste dans l'art religieux. Mais c'est loin, à la campagne, deux ou trois heures de route.

Je me réjouis déjà de la randonnée.

— Je suis volontaire, lançai-je de bon cœur.

— Aujourd'hui? Le temps presse.

Le temps était un sujet délicat à débattre et je préférai éviter de poser des questions. Mais je me saisis de son poignet pour bien me faire entendre.

— Quand viendras-tu à la clinique avec moi?

— Pour me faire soigner?

Sa réplique n'était pas défensive, à peine sarcastique. Je pouvais aborder le problème de sa santé mentale sans qu'il ne se sente menacé et cela me rassura.

— Je t'accompagnerai si tu veux, dit-il encore, mais je te préviens, cela ne servira à rien.

— Nous pourrions aussi passer au poste de police, il y a sûrement des gens qui te cherchent.

— Non, rectifia Raoul, personne ne me cherche ici, c'est encore beaucoup trop tôt.

Alors, pensai-je, nous commencerons par une évaluation psychiatrique; en attendant, des vacances se présentaient à nous, une pause, une évasion, de quoi puiser un peu de ravissement de nos amnésies, lui en renouvelant son espérance par la beauté d'une peinture, moi en vivant de lui, nous étions interpellés et nous évincions les vérités les plus pénibles.

Nous achetâmes quelques provisions: des sandwichs, des fromages, des fruits, de l'eau. Nous repérâmes le petit village au bord d'un lac sur ma carte routière. Je fis le plein d'essence en tapotant le capot de mon véhicule, adjurant le vieux moteur de tenir bon. L'autoroute nous emporta. Raoul me parvenait par effluves, il était assis décontracté, il regardait dehors; ce qu'il possédait était enfermé dans un sac de toile qu'il avait déposé sur le siège arrière. Il était contraire à moi, sans avoir et sans attaches, un explorateur expérimenté.

Les valves du moteur claquaient avec régularité, ma voiture faisait son habituel bruit de tracteur. Nous traversâmes les dernières banlieues et entrâmes dans une étendue ennuagée et immense. Les monts s'élevaient gris-bleu, j'y vis des dos d'animaux, des vaisseaux sans mât, des icebergs. Je questionnais Raoul sur les champs cultivés qui bordaient la route: «Des pommes de terre, m'expliquait-il, et du maïs.» Des vaches paissaient derrière des clôtures de bois. Un cheval bai piaffa dans son enclos. Les silos et les maisons de ferme étaient loin au bout des champs, lents à dériver dans l'horizon malgré la vitesse à laquelle nous roulions. Un fin crachin tomba, les essuie-glaces grinçaient sur la vitre, leur cadence monotone.

L'autoroute devint plus étroite, le terrain plus accidenté. Deux voies parallèles sinuaient entre des forêts. Les phares en sens inverse survenaient par essaims, comme de grosses lucioles. Une brume éclipsait le sommet des collines. J'interrogeai Raoul du regard. Il me jeta un œil moqueur.

— Ce n'est pas la même, dit-il.

Mais elle raccourcissait le paysage, le ciel descendait sur nous. Raoul consulta la carte. Nous bifurquâmes à la sortie suivante. Nous prîmes une petite route vers le sud-ouest. L'atmosphère s'alourdissait, elle sentait l'herbe brûlée et le fumier de vache. Raoul m'entretint du portraitiste Dumoulin.

— Il vient de France encore jeune, avec l'armée, pour effectuer des relevés topographiques et produire un album d'illustrations sur la vie coloniale. Un camp s'établit près du village. Il rencontre la veuve d'un intendant, une femme très pieuse. Ils s'aiment. Il peint pour elle une toile audacieuse, *Adam et Ève chassés du paradis*, un homme et une femme nus, à peine dissimulés par les feuillages. Adam, bien sûr, est Dumoulin lui-même. Son visage est couvert par ses mains, il pleure. Ève, par contre, a la tête droite, le regard insoumis. Elle refuse le verdict de Dieu. Ses traits sont ceux de la veuve Leclerc. C'est la première toile de Dumoulin qui révèle son désir de laisser parler un visage, de s'effacer devant lui. Elle correspond à un tournant majeur dans son évolution. Il repart l'année suivante pour la France. Madame Leclerc espère longtemps son retour puis elle se défait de son tableau auprès de son confesseur. Il le juge excellent, malgré l'attitude peu biblique d'Ève. Mon Ève, se plaît-il à dire, ne se repent pas, la seule Ève fâchée du monde entier a demandé asile dans mon église. Il se sert du tableau pour dénoncer le caractère difficile des femmes. Dumoulin ne l'a évidemment pas peint dans cette intention. Il a voulu dire quelque chose à sa maîtresse. Quoi? Nous ne le saurons jamais. L'œuvre est tout de même passée à l'histoire sous le nom de *La révolte d'Ève*.

— Qu'est-il arrivé aux amoureux?

— Leclerc se remarie avec un notaire et a deux autres enfants. Dumoulin épouse une fille de la noblesse et termine ses jours prospère. Il ne s'est représenté sur toile qu'une seule fois, la figure cachée, aux côtés de cette Ève rebelle. Il a jusqu'à la fin refusé de se peindre, prétendant qu'un homme ne pouvait jamais voir son propre visage. D'autres peintres l'ont poursuivi en vain, Rembrandt a réalisé plus de cent autoportraits, Van Gogh une trentaine.

— Aucun n'a été le bon.

— Aucun, bien sûr. Nous nous cherchons toujours nous-mêmes.

Je l'observai à la dérobée. Son profil était impénétrable. Je ralentis. Un écriteau signalait notre entrée à Sainte-Cécile-sur-le-Lac. Des maisons succédaient aux champs gardés par des arbres solitaires. Je guettais au-dessus des toits resserrés la flèche d'une église. Je me penchai à la portière, le rétroviseur extérieur refléta mon visage. Cheveux cinglés par le vent, lunettes de soleil, bouche tombante, masque pâle de la peau. Au moins, je me souris. Nous atteignîmes la place du village. Une église de pierre occupait l'angle d'un parc. «Non, dit Raoul, l'église de madame Leclerc est en bois, plutôt modeste, avec un clocher central.» Je m'informai à un passant. Il traça des zigzags avec sa main et nous envoya sur une route de terre face à un terrain de camping. Le petit bâtiment s'y trouvait en effet, non loin d'un vieux moulin, dans l'enclave d'un site historique. J'eus une exclamation amusée: une coïncidence s'établissait entre le nom du portraitiste et la préservation de ce moulin: d'une certaine manière, le peintre était resté auprès de sa dévote veuve, le duo église-moulin avait même franchi les siècles. Raoul quitta la voiture dès que j'éteignis le moteur. Je sortis, contente de m'étirer et de respirer l'air saturé d'une odeur d'eau, celle de la pluie qui couvait et celle, pénétrante, du lac avoisinant.

L'église me toucha par son humilité. Elle témoignait de la dure vie des colons, ses rares fenêtres réduites à d'étroits carrés, à cause de la rigueur des hivers et des guerres toujours menaçantes; son clocher, prudent, dépassait de peu le toit; sa petitesse disait la vastitude du territoire, son portail bas, le poids du labeur quotidien. Elle était ouverte aux visiteurs, je rejoignis Raoul à l'intérieur. Je me crus au fond d'une embarcation, tant les bancs étaient grossiers, la nef rétrécie comme une proue, les planches innombrables, le jour filtré et faible. Je distinguai peu d'ornements, un Christ sur sa croix, l'effigie de Marie protégée par une niche. L'église avait conservé sa pauvreté d'origine. Raoul était à l'arrière, il avait déjà rattrapé son Ève, bien en vue à droite du bénitier, devant un espace dégagé. Je m'attendais à un tableau imposant, mais il s'agissait d'une œuvre intime, aux proportions restreintes, faite pour être serrée sur son cœur. Raoul était captif de la toile. Son regard baignait dans une joie claire, il était en adoration. Je fis connaissance avec la veuve Leclerc. Adam et Ève fuyaient entre les arbres. Adam avait le dos courbé, les cheveux clairsemés, la figure enfouie dans ses mains jointes. Il était amoindri par la chair généreuse d'Ève, même la végétation croissait chétive devant ses cuisses. Elle avait des seins mûrs, une longue chevelure sage, un nez droit, un double menton et des lèvres minuscules. Elle serrait les poings. Ses yeux d'eaux vertes étaient bouleversants. Ils disaient l'indignation et la culpabilité, la volonté de braver le courroux divin, mais ils étaient las aussi, ils avaient pleuré. Ève n'était pas une beauté idéalisée, Dumoulin l'avait créée merveilleusement humaine. Je pensai aux amants. Ils avaient trempé leurs doigts dans ce bénitier, ils s'étaient frôlés dans leurs habits du dimanche sous cette lumière caverneuse, ils avaient séjourné au paradis – mais leur amour déclina, et le naufrage était raconté par le peintre. Peut-être la veuve Leclerc n'avait-elle jamais attendu le retour du portraitiste Dumoulin. Peut-être se révoltait-elle déjà de la fin de tout amour. Dumoulin consentait et s'attristait, mais elle réclamait des comptes à Dieu. Raoul me tira de ma rêverie.

— Van Gogh écrivait qu'il voulait exprimer l'amour des couples par le mélange et le contraste de deux couleurs complémentaires. Il trouvait la vibration des tons qui se rapprochent très mystérieuse...

J'avisai dans le mauvais éclairage les verts sombres des feuillages et des ombres sur le rose blanchâtre de la peau. Le tissu composé de pigments et d'huile était presque vivant. Je l'effleurai du bout du doigt.

— On m'a commandé une copie du tableau, dit encore Raoul doucement, alors que je ne disposais que de quelques croquis en noir et blanc. J'ai reproduit les couleurs du mieux que j'ai pu, d'après les tendances de l'époque et les travaux subséquents de Dumoulin. Je n'ai pas tout à fait réussi.

— Si cette œuvre est si célèbre, pourquoi n'est-elle pas mieux documentée?

— Dumoulin ne sera redécouvert que dans une quinzaine d'années. D'ici là, le tableau aura été perdu.

Mon plaisir fut gâché. Mais Raoul alla au bout de sa logique.

— Combien de jours reste-t-il avant la fin du mois?

— Huit, calculai-je sans entrain.

— L'église va brûler avant août. Je me souviens très bien du mois et de l'année, crois-moi, j'ai regretté cette perte, j'ai beaucoup étudié Dumoulin et cette Ève n'a pas d'équivalent.

Il leva la tête au plafond.

— On a négligé de doter l'église d'un paratonnerre.

— La foudre va frapper, c'est ça?

Raoul acquiesça en silence.

— Tu t'y connais décidément en foudres, dis-je, alarmée, ironique.

Je me sécurisai en réduisant la portée de ses paroles. Je songeai: «L'homme ravi par la foudre m'a foudroyée et il est amoureux d'un tableau destiné à être détruit par un ciel fulminant. Foudres pour le temps, pour l'amour, l'art et le feu.» Raoul avait le délire lyrique. Mais il ne réagit pas à ma remarque. Il s'assura que nous étions bien seuls et tâta le pourtour du tableau. La toile était fixée sur son support par des clous et solidement attachée au mur. Il tenta délicatement, mais sans succès, de l'en arracher. J'étais très mal à l'aise. Si quelqu'un venait?

— Laisse, le pressai-je le tirant par la veste.

Ma voix inquiète résonna dans l'église, je ne supportais plus son odeur étouffée de bois chaud.

— Tu n'imagines pas ce qu'elle vaut, protesta Raoul, qui se détacha à regret de son Ève.

Mais il revint sur ses pas et la regarda encore, il la gravait dans sa mémoire.

Nous marchâmes jusqu'au lac, chacun absorbé dans ses pensées. J'observai la brume sur les collines. Mystérieuse. Grandiose. L'invisible s'insinuant dans le visible. Nous la voyions tout en ne distinguant rien. Pas étonnant qu'elle ait cette emprise sur notre imagination. Un rideau s'abaissait, les prodiges prospéraient dans ses secrets.

— Pourrais-tu retrouver la route sur laquelle tu t'es perdu? demandai-je à brûle-pourpoint. Avec de la chance, tu reconnaîtrais quelque chose de toi-même...

Je ne m'attendais pas à découvrir un engin futuriste dans un ravin ou un pont quadridimensionnel, mais il me semblait important que Raoul ne cesse de chercher là même où il alléguait avoir été arraché à sa vie.

Il s'arrêta à une table de pique-nique, y posa son sac, les yeux dans le vide. Je devinai ses mains sur la bandoulière moites et froides. Le temps filait droit, un battement d'aiguille après l'autre, comment ne le comprenait-il pas?

— D'accord, dit-il, on va essayer, et il tira de sa poche de poitrine un de ses cigarillos à la fumée bleue et âcre qui me fascinaient parce qu'ils allaient de ses doigts à ses lèvres.

Je suggérai de passer la nuit dans un motel et de nous mettre en route tôt le lendemain. Les premières gouttes de pluie firent des ronds sur le lac. J'avais emporté le parapluie enfoui dans le coffre de ma voiture. Nous nous assîmes côte à côte. Je mangeai, il fuma. L'averse crépitait sans force sur l'étoffe tendue au-dessus de mon épaule. Les arbres nous protégeaient. Leurs racines montaient à la surface et défiguraient le paysage: une terre rousse sillonnée de gros serpents noueux, rase de toute végétation. Ici le bois et la terre régnaient, sauvages et solennels. Je souhaitai qu'ils me prêtent leur résistance.

Raoul partit à la course acheter des cafés au camping. Les teintes changeantes des nuages coloraient le lac. Plusieurs troncs se dressaient devant la rive. Une échappée s'ouvrait entre chacun d'eux, à la manière d'un triptyque: à gauche, l'étendue d'eau vers le large, d'un gris jaune, à perte de vue; en face, une bande d'eau noire contenue par une forêt touffue, dont les tons de vert charmaient les yeux; à droite, une eau à nouveau plus pâle écrasée par la pente abrupte des montagnes. Le monde n'avait pas seulement le visage de ceux que nous aimions, nous finissions même par le voir avec leurs yeux.

Raoul revint revigoré. Je bus le café tiède, il mangea à son tour. Le soir nous surprit encore attablés et toujours silencieux. Le vent nous assena de grands coups de langue glacials dans le dos. Raoul tâcha d'allumer un feu au milieu d'un cercle de pierres, mais nous n'avions pas assez de papier et le bois était humide. Les quelques flammes qu'il réussit tout de même à faire jaillir nous mirent en joie comme des enfants. J'étendis les mains et laissai la fumée s'enrouler autour de ma figure. Le tonnerre gronda au loin. Raoul se tourna du côté de l'église. Je devinai ce qu'il pensait, mais la suite fut imprévue: il s'empara de son sac, me demanda de l'attendre et s'éloigna dans le noir. Je restai près de la table vermoulue, frissonnante et surexcitée. La désertion m'était impossible. Je ne pouvais toutefois pas l'empêcher d'agir. Je me résolus à marcher entre les arbres. La brume avait été balayée. L'orage approchait. Les roulements du tonnerre s'étiraient, de plus en plus retentissants. J'avais une vue splendide, l'eau et le ciel se confondaient, les couches nuageuses étincelaient, la foudre déchargeait ses rayons maladifs sur un espace si vaste que même les montagnes parurent infimes. Respecterais-je encore un voleur? Je craignais que oui.

Le vent tomba. Les feuillages se pétrifièrent soudain. Je m'assis sur une roche plate enlisée dans le sable. Raoul parviendrait-il seulement à pénétrer dans le bâtiment? Le site était fermé, les campeurs à l'abri sous leurs tentes. J'avais vu son regard hardi et je connaissais l'habileté de ses mains. Il ne serait pas dérangé à moins qu'il ne se bute à un système d'alarme. C'était peu probable. J'en étais là, au bord de ce lac, à aimer cet homme pris de folie. Sans lui, je n'aurais même jamais imaginé cette nuit d'orage, avec cet amour puissant, en suspens: semblable à ce calme lourd, qui attisait tous les déchaînements. Il brûlait en moi, comme s'il fût de l'or dans le creuset de mon être, trop pesant, trop riche. Je me sentis dérisoire, dépassée par mes propres désirs. Dieu a notre nom inscrit dans la paume de ses mains, m'avait déjà dit Rose, me citant un poète. La signature d'amour était contagieuse. Le nom de Raoul était inscrit dans la paume de mes mains.

Le parapluie planté au-dessus de ma tête, ma veste boutonnée jusqu'au cou, je me préparais au spectacle. J'aimais les orages, la fureur des éléments dérangeait l'apparente placidité des choses, l'air et l'eau participaient, et la lumière, et les sons, j'admirais, je humais, je tendais le cou; une bourrasque rida le lac et me heurta mollement; le col de ma chemise frémit. La suivante, déjà, s'engouffra sous mon parapluie et le souleva; j'affermis ma prise sur le manche. Un éclair zébra le ciel de haut en bas en crépitant. Le tonnerre suivit immédiatement. Il m'assourdit et vibra dans ma poitrine. Une rafale de vent me coupa le souffle. Mon parapluie se retourna comme une fleur de papier.

Le front de pluie, chuintant et laiteux, me trempa en quelques secondes. Les éclairs fusèrent presque sans interruption, m'aveuglant; ils avaient plongé du ciel, ils étaient tout autour de moi. Je pensai à Raoul et à sa prédiction.

Je m'élançai vers la route. Le regard noyé par les torrents d'eau, je distinguais mal les formes à quelques pas. Ma voiture, seule dans le stationnement, puis l'église surgirent de l'obscurité sous la lueur des éclairs, d'une blancheur spectrale. Je contournai le portail. La pluie battait le bois. Des feuilles arrachées aux arbres voltigeaient sous la ligne de la toiture. Je vis les fenêtres hors d'atteinte, bien au-dessus de ma tête, je tâtai un soupirail protégé par des barreaux. J'atteignis l'arrière. La petite porte réservée aux officiants céda dès que je la touchai – Raoul avait crocheté la serrure. Un éclair très vif me figea, les poils de la nuque hérissés. Le ciel sembla craquer sous la violence du tonnerre. Mon cœur s'emballa en écho. Raoul avait-il raison? La foudre avait-elle un rendez-vous dans le temps avec cette église, plus de deux cent cinquante ans après sa construction? Ce que nous faisions était mauvais, l'orage était mauvais. L'église ne nous portait pas chance.

J'entrai. Libérée du harcèlement de la pluie, j'hésitai dans la noirceur. Je me sentais coupable de mon intrusion. J'allai tout droit, les bras tendus, dégoulinante. Une odeur de moisi imprégnait l'air. Les lueurs de l'orage traversèrent un carreau, révélant une table et des chaises antiques, un plancher de lattes et des recoins insondables, nœuds d'ombre recelant des siècles de prières, d'espoirs et de pleurs; plus personne n'avait l'ouïe assez fine pour les entendre. Je parvins rapidement à une autre porte. Je découvris les rangées de bancs, la voûte. Au fond, derrière une colonne, une lumière de bougies. J'appelai. Raoul ne m'entendit pas. L'église tremblait sous les bourrasques. Elle avait si longtemps tenu tête aux années, elle était affaiblie, elle gémissait. Je remontai l'allée, la respiration encore inégale. Je m'adossai au pilier. Le dos de

Raoul s'estompait dans les ténèbres, l'éclat des flammes dorait son visage. Un Rembrandt. Il travaillait sur son Ève, outils en main, anxieux et méthodique. Il devina ma présence et se retourna brièvement, sans s'interrompre. Je n'approchai pas, je tenais à me dissocier de son acte. Nous blessions un mur de l'église. Nous dérangions son histoire, elle était déjà complète, elle se passait bien de nous. Je ne demandais qu'à fuir.

— Partons tout de suite, l'adjurai-je.

Je percevais des petits coups, ses mains hâtives sur la paroi.

— J'ai presque terminé, murmura Raoul.

L'atmosphère se densifia encore, les murs mêmes suintaient notre inquiétude, un éclair fulgurant me fit crier. Raoul détacha la toile, la roula et l'enfourna dans son sac. Il éteignit les bougies et les empocha. Des taches de lumière dansaient sur ma rétine. Je vis alors près de l'autel d'autres traces de couleur, blanches et bleues, plus grandes, fugitives, celles d'un tablier et d'une redingote. La veuve et le portraitiste du 18e siècle, côte à côte, nous regardaient dans le noir. Avec compassion? Avec envie? Reproche? Je clignai des yeux. Ils étaient toujours là, dans cette transparence fluide, ondulant à la surface du temps. Les lueurs violentes des décharges électriques nous enveloppèrent. Je les perdis. J'eus peur. Nous sortîmes en courant. Raoul referma la porte derrière lui. Nous nous précipitâmes vers le stationnement.

Mes clés m'échappèrent des mains et tombèrent dans une flaque. Je déverrouillai les portières de ma voiture avec des doigts gourds. Je me sentis en sécurité dès que j'allumai le moteur et que j'eus le volant bien en main. Je stoppai en haut du chemin. L'église résistait toujours à l'orage, le clocher droit dans les traits obliques de la pluie. Nous ne nous attardâmes pas davantage. Je me détendis progressivement, alors que le roulement pacifique de la voiture berçait mes membres, que mon regard se rasérénait sur les fenêtres éclairées des maisons, que Sainte-Cécile-sur-le-Lac disparaissait dans la nuit, que les gouttes se raréfiaient sur le pare-brise. Raoul tenait son sac sur ses genoux, les mains ouvertes contre la toile. Mains attentives, mains protectrices. Il me remercia: pour ma compréhension, pour ma complicité. Son regard absent ne quitta plus la route. Que regardait-il? Un paysage mort? Les arbres, les habitations, autant de mailles du filet qui l'isolaient du présent? Autant de figures du songe? Mais ce terrible rêve avait commencé à me contaminer. J'avais vraiment cru que la foudre allait s'abattre. J'avais halluciné d'étranges adieux. J'étais entrée dans une lande que j'avais supposée inabordable. N'aie pas peur, me dis-je, cela fait partie du voyage. Mes vêtements mouillés me frigorifiaient et je mis le chauffage. Au revoir, veuve Leclerc, songeai-je, ne nous en voulez pas trop, Raoul a besoin de votre tableau, il en est épris, il est comme vous, il a des comptes à régler avec le temps. Sans doute votre Ève, en refusant ce qui prend fin, protestait-elle contre la durée. Dieu avait banni Adam et Ève du paradis pour les jeter dans la temporalité. Nulle amante n'y trouvait le repos. Raoul, comme Dumoulin pour Leclerc, incarna tout à coup pour moi une poignante représentation du temps. Il me mobilisait, mais que saurais-je retenir?

Des fleurs ornaient les fenêtres d'un motel; nous le choisîmes pour abriter notre nuit.

Nous partageâmes un sachet d'arachides, chacun dans son lit, nos vêtements pendus aux meubles, camarades, compagnons. Le climatiseur ronronnait. L'arrêt était trop nécessaire pour toute émotion risquée. Je me pelotonnais dans les couvertures moelleuses. Nous bavardions en éludant les questions critiques. De mes deux fantômes, de ses tableaux. «Je ne crois pas aux fantômes», dit Raoul amusé. «C'était un rêve, un rêve glissé dans la réalité comme un signet entre les pages d'un livre», insistai-je. Utilisait-il pour son travail des oranges et des beiges semblables à ceux de la moquette et des couvre-lits? Non, mais il aurait sûrement incorporé sur une toile un bout du papier peint, avec ses feuilles brunes et ses chardons. Il me fit un dessin sur un bloc-notes. Les feuilles décollaient en rangs, les pointes droites, tels des missiles. J'ajoutai au crayon un petit oiseau et une étoile. Il mit un poisson à barbillons, très laid, aux dents proéminentes, prêt à mordre. Je me laissai tomber sur mes coussins. Il éteignit la lampe et me souhaita bonne nuit comme l'eût fait la moitié de mon âme. Je fermai les yeux, j'eus un drôle de mal de mer. J'étais encore surchargée d'impressions, les clichés réapparaissaient sous mes paupières: le blanc du clocher, les fulgurations, la fuite des objets, les mouvements précipités de Raoul, les gueules d'obscurité hurlant contre moi.

J'ouvrais les yeux. Je me reposais sur les formes immobiles de la chambre. Raoul se retournait dans son lit. Je désirais le nid de ses bras.

Je dus dormir deux ou trois heures. Lorsque je cherchai à nouveau le décor fixe au bord de mon lit, je vis que le soleil était levé. Un jour gris débordait de la fenêtre sous les rideaux et blêmissait nos draps. Raoul dormait encore, couché sur le côté. Sa colonne vertébrale dessinait une jolie cordillère au milieu de son dos. Une mèche de cheveux striait son oreille. J'étirais ce réveil inhabituel, auprès d'un homme, dans une pièce étrangère; je surveillais l'avancée de la lumière sur les murs. Le plafonnier saillit de la pénombre, puis une longue boursouflure dans le plâtre. Dehors, une portière claqua. Un rire de femme suivit. Je m'aperçus que j'avais faim d'un petit-déjeuner nourrissant et du jour neuf. Mes vêtements étaient secs. Je m'aspergeai la figure d'eau et démêlai mes cheveux. Toilette minimale, nous étions en expédition. Je m'habillai et m'échappai dans le couloir. Une femme de ménage transportant un aspirateur me salua d'un sourire. Mon crâne vibra comme une tôle, mon corps réclamait plus de repos. Je cueillis à la distributrice un jus d'orange puis obtins à la réception une incursion rapide sur Internet. Je revins à mon lit avec une feuille couverte d'adresses et de numéros de téléphone. Raoul n'avait pas bougé. Selon l'annuaire électronique, vingt-trois Agostini habitaient le Québec, du moins ceux qui n'utilisaient pas de ligne privée. Aucun n'était accolé de l'initiale R. Raoul s'étira et changea de position.

— Fantômette… qu'est-ce que tu fais?

Sa voix était belle et grave, empâtée de sommeil.

— Je cherche ta famille.

Il me considéra encore avec cet air réfléchi qui disait: tu perds ton temps, mais j'apprécie ces vains efforts. Il alla sous la douche. Je tirai les rideaux. Des nuages voilaient toujours le ciel. Raoul entrebâilla la porte de la salle de bains pour me parler et je piratai discrètement la séquence: sa poitrine nue, la lame du rasoir qui glissait sur sa joue, son regard contraint par le miroir, la peau tendre se détachant de la mousse, la ceinture basse sur la hanche, ses jambes droites dans le denim noir. Ce rituel viril me séduisait par sa sensualité et son naturel, je l'avais toujours épié chez mes amants, parfois je m'asseyais au bord de la baignoire et je n'en perdais pas un geste. À cause de la barbiche, il fut cette fois bref. Raoul passa son maillot et rangea ses affaires. Il me rejoignit devant la porte. Nous entrâmes dans la salle à manger, ses murmures de conversations, ses cliquetis d'ustensiles, son appétissante odeur de café, sa lumière anémiée du matin. Des poids lourds étaient alignés dans le parc de stationnement de l'autre côté de la baie vitrée, face à notre table. Nous commandâmes des crêpes et des œufs. Ils furent succulents.

— On mange aussi bien à ton époque?

— Non, dit Raoul, la bouche pleine, jouant le jeu, souriant.

Je me promenais dans ses pensées comme dans un jardin exotique. Je lui fis goûter ma confiture de framboises. Il mordit volontiers dans la tranche de pain. «C'est bon», convint-il. J'eus une poussée d'insouciance. Nous avions pour nous le jour et de la confiture de framboises. N'était-ce pas déjà beaucoup? J'entraînai Raoul dehors, vers une cabine téléphonique. Il consentit à consulter ma liste.

— Ces adresses ne me disent rien, fit-il en sautant d'une ligne à l'autre.

Il s'en désintéressa rapidement et préféra m'attendre sur le talus au bord de la route. J'introduisis ma carte d'appel dans l'appareil. Des drapeaux claquaient au vent au bout d'une hampe métallique. Un berger allemand dormait sous le banc à la porte de la réception du motel. Une famille de cinq chargeait sa voiture de bagages. Allais-je annoncer à quelqu'un que j'avais retrouvé un parent disparu? Que risquais-je d'apprendre? M'apprêtais-je enfin à enchâsser Raoul dans un cadre défini? Je le souhaitai très fort. Je composai le premier numéro. Je n'obtins pas de réponse. Un répondeur se déclencha après quatre sonneries au second. Au troisième, je demandai à un homme s'il connaissait un Raoul Agostini. Il répondit par la négative. Je le remerciai et le biffai de ma liste. Je travaillai ainsi un long moment. Raoul s'était assis sur l'herbe. Patient, il ne surveillait pas mes progrès, il profitait de la halte et de l'air pur. Quant à moi, j'étais bredouille. Sur les vingt-trois numéros, je n'avais réussi à parler qu'à huit personnes, qui déclinèrent tout lien avec mon amnésique.

— Tu as trouvé quelque chose? dit-il en se redressant.

— Pas encore, soupirai-je.

Nous nous tûmes. Un véhicule de police fila sur la route, nous l'observâmes rapetisser jusqu'à ce que le point de fuite l'engloutisse. J'en attrapai des papillons à l'estomac. À cette heure, le vol avait dû être découvert: si quelqu'un avait remarqué ma voiture et relevé son numéro d'immatriculation? Mais ces inquiétudes étaient stériles. Moi aussi j'apprenais à fractionner le temps, je me cantonnais dans le présent. Raoul déplia la carte routière et le froissement du papier me tira de ce moment de flottement. J'entrai régler la note, pensant tout de même, en énumérant les instants: je mets la liste dans ma poche, j'extrais de mon portefeuille une carte de crédit: les minutes où je paye la chambre de motel qui a hébergé ma nuit avec lui se volatilisent. Appréciais-je leurs éléments, tous importants en soi – mes souliers sur le carrelage mat, la cigarette consumée dans le cendrier, la plante aux pointes desséchées, le routier bronzé, l'employée qui chantonne. Accompagner ma démarche de cette vigilance en gâchait peut-être même la saveur, elle se transmettait mieux aux sens et aux émotions qu'à l'entendement. Penser le temps était extrêmement difficile, le temps se dérobait à la pensée, il lui était trop intimement lié. Ou tout à fait étranger?

Raoul avait étalé la carte sur le capot de la voiture et s'attardait sur les taches bleues des lacs.

— Mon père est un fanatique de pêche, dit-il, comme s'il se souvenait d'un élément primordial.

Il posa son doigt sur un espace à l'ouest de Sainte-Cécile-sur-le-Lac. Le lac Rouge. Le lac de la Dent du diable. Des lacs à poissons. La région lui était vaguement familière. Il paraissait content. Mais je le soupçonnais de me dissimuler ses montées d'angoisse.

— Je me sens presque chez moi ici, déclara-t-il encore. En fait, j'y suis moins désorienté qu'en ville, à cause de la nature.

Il ne nous restait qu'à sillonner la contrée des lacs. Raoul prit le siège du conducteur. Il était essentiel qu'il contrôle la voiture, exactement comme le funeste soir d'il y avait presque trois mois. Il hésita devant les commandes.

— C'est... une machine primitive, me signifia-t-il, une main tâtonnant sous le volant.

Il repéra néanmoins le démarreur et tourna la clé. Nous attachâmes nos ceintures. Il embraya et appuya sur l'accélérateur. La voiture bondit en avant. Il essaya les diverses manettes – essuie-glace, chauffage, lecteur à cassettes, clignotants –, tout se mit en branle brusquement puis s'arrêta. Raoul accéléra encore, évaluant la puissance du moteur. Son vrombissement l'intriguait.

— La conduite libre est stimulante, expliqua-t-il. Sur les voies rapides et les artères principales, la circulation est prise en charge par les ordinateurs. Nous devons aller en périphérie, comme ici, pour retrouver le plaisir de conduire, pour voir si nos réflexes ne se sont pas complètement émoussés.

Sa route du futur et celle-ci, si aimable entre ses collines et ses champs, se ressemblaient donc. Il ralentit. Je me calai dans mon siège. J'avais confiance en ses aptitudes. La sensation me disposait au repos. Raoul de mon cœur, emmène-moi au bout du monde. De gros insectes s'écrasaient sur le pare-brise, le souillant de taches jaunâtres. Le plafond de nuages était bas. Il nous protégeait, édredon épais déroulé au-dessus de nos têtes pour nous isoler de tout ce qui déchirait et donnait froid. Raoul était accaparé par la conduite, ses mains, souples, enserraient le volant, il savourait sa relation à la machine, en obtenait de la satisfaction, un pouvoir, une liberté peut-être oubliés. Il blaguait, souriait beaucoup. Il était capable de ces éclaircies radieuses. Il y avait sur son front un ciel pur et enfantin. Je m'assoupis sur ces perspectives de gris protecteurs et de bleus étincelants. J'avais sur moi l'air qui soufflait dans l'habitacle, j'entendais le volant grincer et les valves chanter, j'entrouvrais parfois paresseusement les yeux sur le feuillage d'un arbre, ou sur la paroi bigarrée du camion que nous doublions. Le profil tranquille de Raoul surnageait dans mes rêveries. Je le laissais dialoguer avec ses routes et ses souvenirs, je ruminais mes espoirs. Nous roulâmes quelques heures. Je réclamai un arrêt pour acheter de quoi manger, remplir le réservoir d'essence, vérifier le niveau d'antigel, mon radiateur fuyant légèrement. Raoul s'occupa de nous approvisionner et je me postai à la pompe. Nous nous étions dirigés vers le nord, l'air était plus frais, les cultures rares. Les montagnes dominaient le paysage. Nous mangeâmes sur nos sièges. Nous fûmes prêts à reprendre la route en peu de temps. Je refermai ma portière.

— Tu n'es pas fatigué?

— Non.

— Tu sais où tu vas?

— Je choisis la plus belle vue et je me dirige vers elle.

Réponse de peintre. Il démarra. J'admirai le tendre moutonnement des collines puis je m'engourdis à nouveau du défilement de la route sous nos pneus. Il se modifia subitement après un virage, devint cahoteux. J'ouvris les yeux et les portai directement sur Raoul. Son aisance s'était envolée.

— Je suis déjà venu ici autrefois, articula-t-il avec peine.

Il était bouleversé. Une image se cristallisait dans sa mémoire, irrésistible. J'avançai ma main vers lui, je perçus le frémissement de son corps. L'émotion me saisit à la gorge. Je fus alerte en quelques secondes. Je me penchai vers le pare-brise. Nous roulions sur un chemin de gravier semé de nids-de-poule. La végétation se densifiait, de plus en plus sauvage. Une enseigne rudimentaire indiquait un trajet de six kilomètres jusqu'au lac. Raoul se déplaçait inconsciemment avec une fascinante cohérence. D'une église à moi, de moi à une autre église, de cette église à un lac, de ce lac à un autre lac. De quelle nature étaient les instincts qui le poussaient en avant? De quel mystérieux circuit faisait-il le tour?

Nous atteignîmes une trouée de terre battue entre les arbres. Des voitures étaient rangées côte à côte sous la futaie. Raoul se gara à leur suite, en douceur. Mais il était ébranlé, ses nerfs étaient à vif, la tension de son esprit, prodigieuse. Je le questionnai: «Tu connais cet endroit?» Il me dit hâtivement qu'il jouait ici dans son enfance. Il sortit et parcourut les lieux du regard. Deux papillons blancs tournoyèrent près de son épaule. Une tronçonneuse gronda dans le bois. Raoul me pointa du doigt un sentier tracé dans l'herbe haute. Il m'y précéda.

Des bourdons butinaient les fleurs sauvages, leur vol bruyant accompagnait ma respiration accélérée et les heurts de nos semelles sur la terre durcie: musique de notre marche rapide. Je voyais le dos de Raoul se déplacer dans la clairière avec l'impression d'assister au déploiement d'une scène intime, je me sentais indiscrète mais aucune force au monde n'eût pu me garder à l'écart.

Raoul bifurqua dans un autre sentier, à peine visible; les herbes me fouettèrent les jambes. Nous débouchâmes sur un terrain rocailleux où croissaient quelques pins. Deux bicyclettes et trois voitures, dont une avec un pneu à plat, encombraient l'entrée d'un garage de planches. Un canot retourné barrait d'un trait rouge le milieu de la cour. La maison avait été bâtie sur un tertre, un rez-de-chaussée bien entretenu avec un large perron, également de bois. Un enfant de deux ans s'amusait avec un petit camion, assis à même le sol. Étendue sur une chaise longue, une jeune femme fumait une cigarette. Raoul s'était immobilisé.

J'avançai à sa hauteur afin de déchiffrer son visage. Il était de marbre.

— C'est ma mère, lâcha-t-il.

Je ne trouvai rien à répliquer. Son ton était catégorique, il assistait à une extraordinaire fantasmagorie: des personnages vivants, une vraie maison avec un vrai canot s'assimilaient à ses visions. Elles prenaient corps, il les foulait de ses sens, il pénétrait dans les images de sa mémoire. Qu'elles fussent improvisées n'avait guère d'importance. L'inversion restait formidable. Le cadre familial que nous avions découvert convenait parfaitement. Raoul était ébloui. Cela lui était-il salutaire ou risquait-il au contraire de s'égarer plus en avant? Il me désigna l'enfant.

— Étienne, mon frère aîné.

Gamin sage au dos bruni, accaparé par son jeu. Un Raoul miniature? La femme nous remarqua. Elle vint vers nous le visage ouvert, à peine intriguée. Sa robe moulait ses cuisses. Elle la déplissa du plat de la main. Ses traits étaient agréables. Une bouche souriante, des cheveux châtains tombant aux épaules, des yeux noisette, ronds, vifs, impatients. Raoul fit preuve d'une présence d'esprit étonnante. Il lui demanda simplement si elle connaissait quelqu'un qui veuille l'emmener sur le lac. Ou si elle pouvait lui louer son canot.

— J'aimerais revenir pêcher, dit-il.

Il posa sur elle un regard direct, ses prunelles contenaient un assemblage confus d'émotions, deux sphères de feu sur un visage impassible. J'y discernai de la stupéfaction, de l'amour et du mépris, de l'agacement, mais aussi une reconnaissance, presque un appel. La femme en fut d'abord décontenancée; puis, sociable, elle choisit d'interpréter cette marque d'intérêt comme un compliment. Elle rosit et nous invita à nous asseoir. Son mari, nous expliqua-t-elle, pourrait nous aider, il allait revenir sous peu. Nous étions une distraction inespérée dans une fin d'après-midi qui s'étirait en longueur. Elle déplia des chaises de jardin et s'absenta pour aller chercher des rafraîchissements. Raoul prit l'enfant dans ses bras et nettoya du pouce la terre près de sa bouche. Il l'embrassa ensuite à répétition, sur les joues, les yeux, le front. Le bambin se laissait faire, surpris par cet afflux de tendresse. Je l'enviais. La femme revint avec des verres et des bouteilles. Raoul garda le garçon sur ses genoux, mais l'enfant se débattit et de ses petites jambes mal assurées retourna à son camion.

— Vous avez un bel enfant, observai-je.

La femme me tendit un verre et me remercia d'un sourire.

— Comment s'appelle-t-il? ajoutai-je, provocatrice.

Je me tournai vers Raoul. Désolée, mon âme, pensai-je, je dois dissiper l'illusion – puis j'entendis un mot, si net, si étrange, que je doutai de sa réalité et de la scène se jouant sous mes yeux, Raoul qui avait ignoré ma question et qui versait de la bière dans son verre, la femme s'asseyant près de lui et répétant «Étienne» en réaction à mon incrédulité, qu'elle avait perçue sans en comprendre la cause. J'eus sans bouger de ma chaise une brutale sensation de décélération. Je tombai. De mes certitudes, de mon assurance, le tissu même de mon existence se fissurait – était-il beaucoup plus complexe que je n'aurais jamais pu l'imaginer? Raoul avait-il *vraiment* traversé le temps? Raoul, Raoul, que se passe-t-il, rassure-moi, je suis perdue, où me mènes-tu? C'est un hasard, me répétais-je, mais je savais bien que devant pareille coïncidence le hasard n'avait plus de poids. Je me cramponnai à mes accoudoirs. Mon cœur allait à fond de train, les nuages s'altéraient trop rapidement dans le vent, le sol était oblique, j'avais chaud, j'allais chuter jusqu'à cette herbe piétinée où des fourmis se pressaient autour d'une croustille. L'enfant me regardait. Je regardais sa mère et Raoul. Ils échangeaient leurs prénoms. Raoul. Véronique. Elle lui dit qu'elle peignait des aquarelles. Il lui glissa qu'il était peintre. Elle rayonnait. Elle buvait son regard. Elle parlait d'elle sans discontinuer. Elle venait de déménager et regrettait les amis de son quartier, elle voulait voyager, elle travaillait à temps partiel dans une usine d'abattage de poulets, son père possédait une terre à une vingtaine de kilomètres, elle y pratiquait l'alpinisme, en amateure; parfois elle s'interrompait pour jauger Raoul ou pour solliciter mon approbation, mais cet arrêt sur nous était bref, elle revenait aussitôt à elle-même. Plus jeune que Raoul, elle avait environ vingt-huit ans. Le manque de retenue d'une adolescente qui s'évertuait à être adoptée par un groupe, par des amis. Elle s'occupait peu de l'enfant, elle avait elle-même tellement besoin d'attention. Elle figurait possiblement comme indice dans la résolution de l'énigme de Raoul, alors je m'appliquai à l'étudier. Je me souvins de ce que Raoul m'avait raconté, de l'indifférence qui l'avait tant fait souffrir, et j'étampai sur elle mon jugement: femme aux regards en boucle, retenus par la force de gravité d'un centre à la fois insatiable et clos sur lui-même, presque un trou noir. Un enfant pouvait-il y venir au monde? Véronique n'était peut-être jamais née à elle-même, n'avait peut-être jamais acquis le sens de sa valeur spécifique. À qui la faute, à elle, à ses parents, à personne? Raoul l'écoutait, légèrement penché, congestionné; il la soupesait, grave, avec des yeux d'adulte. Pardonne à cette femme-enfant ses carences, me disais-je, fais la paix. Le pauvre gamin près de son camion plantait ses racines dans cet espace instable, il y était presque entièrement livré; mais à notre âge, ne pouvions-nous pas en comprendre la signification et la dépasser? Peut-être Raoul avait-il voyagé dans le temps pour neutraliser la toute-puissance du non-regard de sa mère. L'amour, disait-on, était plus fort que la mort, il franchissait tous les temps et tous les mondes – le manque d'amour était sans doute une force semblable, un vecteur inverse, un tunnel, une espèce de tuyau d'aspirateur qui nous ramenait à nos commencements... Théorie fumeuse à soumettre aux physiciens. Raoul restait néanmoins un phénomène. Il m'était maintenant impossible à la fois de le croire et de ne pas le croire. Il me retenait hors de ma vie.

Véronique parlait toujours d'elle. Lui, immergé dans ce flot de paroles, s'insérait à rebours dans son noyau familial. Les lieux dans lesquels il avait grandi se positionnaient différemment. Sa mère n'était peut-être plus une femme toute-puissante dont il espérait en vain du dévouement mais un être incomplet qui cherchait sa propre lumière. Je m'éloignai, respectant l'intimité de leur tête-à-tête. J'avais d'ailleurs mieux à faire: je tirai la liste de ma poche et m'approchai de la maison. Je repérai le numéro civique: 3455. Il figurait bien en évidence sur ma feuille. J'en eus la chair de poule. Ignorais-je vraiment tout de la nature du monde? J'étais vibrante, une fourmi touchant pour la première fois de ses antennes une matière étrangère à sa forêt. Mais cette matière et cette forêt gigantesque résidaient à l'intérieur de moi. Mondes inconnus vissés dans mon âme, je les avais jusque dans mon haleine et je ne savais même pas les nommer. Je rasai le mur. Maison Agostini. Son Raoul ne viendrait que plus tard. En souvenir de ce beau visiteur, avec lequel on avait d'inexplicables affinités? J'entendis une voiture. Elle freina devant le garage. Un homme en sortit, hâlé, corpulent, les manières brusques. La portière se ferma avec un claquement sec. Il portait sa chemise à carreaux déboutonnée, son nez était fin, son front bas; je ne dénotai aucune ressemblance avec Raoul. Il rejoignit en quelques enjambées son épouse. Raoul se leva spontanément.

L'homme lui serra la main et se présenta. Moment extrêmement émotif pour Raoul, il était incapable de parler et de soutenir le regard d'Agostini, ses traits étaient décomposés. Il se ressaisit, but quelques gorgées de bière pour se donner une contenance. Véronique me désigna à son mari, je le saluai et m'accroupis près d'Étienne, afin de rester à distance. Le couple se retira près du canot, sans doute pour discuter de sa location. Je décelai peu de chaleur dans leur interaction, davantage une sorte de soumission agacée, d'impatience. Raoul nous regardait, l'enfant et moi, pour nous signifier son amitié. Étienne dévorait ses parents des yeux. Regards se reflétant les uns sur les autres, jamais je n'avais si clairement saisi le pouvoir du regard. Le mari et la femme nous tournèrent le dos. Comment se regardaient-ils entre eux? Je caressais les cheveux d'Étienne, je respirais sa bonne odeur de bébé.

— Ne t'en fais pas fiston, lui murmurai-je, c'est comme ça, c'est normal, l'amour est l'art le plus difficile qui soit.

Et de ces regards échoués, pensai-je, ton frère est devenu l'homme-regard par excellence, un peintre.

Patrice Agostini retourna le canot et invita Raoul à le rejoindre. J'attrapai quelques mots: vocabulaire lacustre de courants, d'appâts, d'espèces de poissons. Patrice se montrait de plus en plus aimable. Il appréciait partager avec un autre homme sa passion de la pêche. Raoul m'avait déjà confié que son père ne se rapprochait de ses enfants que lors des expéditions de pêche, et que ses toiles comportaient, en leitmotiv, l'image du poisson: symbole de l'amour paternel: il se cache au fond des eaux noires, attrapez-le si vous pouvez; l'amour-poisson, le Christ représenté par un poisson, chez les artistes chrétiens; femme-poisson également: j'avais été pêchée, l'hameçon était encore fiché dans mon cœur. J'embrassai le petit poissonnet sur la tête. Il poussa un cri joyeux à la vue d'un écureuil. Raoul prit congé de Véronique en frôlant sa joue de la sienne. Hommage crispé mais sincère qui la fit rire. Je suivis les deux hommes sur le sentier. Véronique s'effaça sous un pin en se mordillant les ongles. Elle aurait aimé profiter plus longuement de l'attention du nouveau venu. Ses yeux étaient rêveurs. Fillette en punition. Elle m'émut. Avait-elle été la porte par laquelle Raoul était entré dans le monde? La vérité se défaisait comme du carton mouillé.

Le portage fut court. Nous atteignîmes une petite plage et Patrice mit le canot à l'eau. Raoul me proposa de monter. Je préférai refuser.

Raoul s'embarqua, fléchit les genoux aux remous de l'eau, les reconnut comme ce dont on se souvient pour toujours. Il s'abandonnait au clapotis du lac sur les rives, avancées chantantes et paresseuses, à l'onde basse, vert-de-gris, qui venait du large, à l'odeur d'algues et de bois pourri, à la compagnie de cet homme fier de lui montrer les glissements furtifs des proies entre deux eaux, celle qui était transparente, ridée par le canot, et celle, d'encre, qui semblait sans fond. Raoul enfila à son tour une ceinture de sauvetage et ils s'éloignèrent, ouvrant sur le lac un sillage en forme de flèche, chasseurs sans arme pagayant tous deux vigoureusement. Je me choisis une place sur le sable et les surveillai jusqu'à ce que je n'entende ni les éclats de voix de Patrice ni les chuchotements mouillés de la coque. Père et fils, âges brouillés par une invraisemblable pirouette du temps, se confrontant avec des yeux neufs, tenant un langage spécialisé, neutre et viril, substitut à toute autre éloquence. Bon décodage Raoul, fends l'eau jusqu'au cœur de Patrice. Il aime avec des poissons comme d'autres avec des poèmes ou des plats cuisinés. Quant à moi, pensai-je encore en considérant mes nuages bienfaiteurs, duveteux compagnons de ces jours peu communs, j'aimais avec une ferveur religieuse, je ne savais plus appeler cela autrement, c'était de la folie, on ne devait pas aimer un mortel ainsi, pareil amour ne convenait qu'au ciel et aux nuages, quel homme pouvait soutenir sa virulence, recevoir sa poussée sans reculer? En aurais-je moi-même été capable? Que faire de ces longues houles de désir... même maintenant, sur ce coin de sable... où les échouer, comment les épuiser... à qui les donner... moustique, les veux-tu... et vous, gerbe chevelue d'algues sèches, petit caillou rond, trou d'eau baveuse, oiseau braillard sur une branche... Un de mes souliers était délacé et je bouclai un double nœud. Étouffer de la sorte mes flammes, me ligoter, me pondérer. Mais ma passion était attisée par les cavernes froides forées dans les poitrines des Agostini, comme le feu l'est par l'espace et le vent. Croyais-je devoir tout réchauffer?

Raoul fut long à revenir. Je ne m'ennuyais pas. Je ne croyais plus à ma montre, aux apparences trompeuses, à la lumière qui changeait, à l'épaisseur des cycles du temps. J'étais sur une rive inconnue, dans l'expectative. Ce lac et moi étions-nous le croisement de chemins inouïs? Étions-nous circonscrits et explicites, ou bien faits de strates infinies – je ne serais consciente que de la plus manifeste, la plus élémentaire. Je m'avançai jusqu'au quai de bois, rattaché au rivage par des chaînes, qui ressemblait plutôt à un radeau. Quel âge avais-je? Tous à la fois? Aucun? L'âge de mon corps, de mon esprit? Ils changeaient tant avec les années, le premier se détériorait et ralentissait, le second se raffinait et prenait de la vitesse, mais mon cœur donnait toujours les mêmes coups de clochettes, il répondait aux mêmes joies et aux mêmes chagrins, et c'était dans ce bruit de fond que je me reconnaissais.

J'assistai, au bout du quai onduleux, au passage de motos marines, de barques, de canards, de nageurs, de la lumière. Puis j'aperçus, à bonne distance, la coque rouge. Les deux hommes s'attardaient sur l'eau, avec leur liberté d'hommes et leurs dispositions pour traquer les bêtes. L'embarcation accosta dans une crique bordée d'arbres, sur la gauche. Je vis de loin les deux hommes mettre pied à terre, tirer le canot, le porter sous les arbres, l'y coucher; Raoul me fit un signe rapide de la main, puis s'enfonça dans le bois derrière Patrice.

Je l'attendis à la voiture, dans les bourdonnements des insectes et le déclin du soleil. Je cueillis des boutons-d'or que je glissai à ma boutonnière. J'enveloppais du regard les herbes, les arbres, je me disais que ce monde étrange était très beau. Raoul revint après une dizaine de minutes et s'accota à la portière. Il souriait. Son regard alla de ses pieds à mes yeux, puis se perdit dans l'ourlet violet, boursouflé des nuages. Il parla avec une véhémence heureuse.

— Nous étions tous les deux disjoints de nos paroles, comme un film qui a une mauvaise bande sonore. Nous n'étions pas vraiment dans ce que nous disions... Nos sensations dépassaient notre niveau de compréhension, elles étaient mêmes distinctes de notre identité physique.

Les mots flottaient, sans importance, à la surface, tandis que Raoul et Patrice se touchaient au fond du lac, les mains tendues, aveugles et muets.

— Il a ressenti la même chose que toi, demandai-je, il t'a reconnu?

Raoul s'éclaircit la voix dans un toussotement.

— Non. Il ne sait pas ce qu'il a reconnu. Mais il veut que je réalise un portrait de ma mère. Elle le lui a demandé. J'aurai en échange quelques parties de pêche.

Cette idée m'épouvanta. Ce n'était donc pas fini? Raoul ajouta:

— Je vais rester dans les environs encore deux ou trois jours.

Il avait dit «je» au lieu de «nous». Je venais de recevoir mon congé. Il ne m'admettait auprès de lui que par intervalles, m'ouvrant certains épisodes de sa vie et m'excluant des autres. Je me sentis immédiatement spoliée.

— Je n'ai pas besoin de grand-chose, ajouta-t-il. Une couverture, des conserves.

Il tira de la voiture son sac, déposa près de ma bouche un de ses baisers éthérés et me dit, gentiment:

— Merci de m'avoir emmené jusqu'ici. Veille bien sur toi.

— Où vas-tu?

— Dormir dans la forêt.

Dormir dans la forêt avec les ours et les renards. Je restai un instant stupide devant mon véhicule avec le picotement de sa barbiche sur la joue. Il ne craignait ni les moustiques, ni la dureté du sol, ni l'humidité, la saleté, l'exclusion, les animaux nocturnes. Ce qui le possédait le protégeait des exigences du corps et des pressions sociales, comme si son errance dans le temps ne le rendait réceptif qu'à certaines impressions. Comme si ses actions étaient orientées vers des couleurs spécifiques. À quoi servait maintenant ce portrait? Pourquoi les peintres capturent-ils les femmes sur leurs toiles?

Raoul se retourna sur le chemin.

— À bientôt, fit-il.

Il reprit sa marche. Il s'éloignait. Sa silhouette de dos m'était une image cruellement familière. Combien de fois disparaîtrait-il encore subitement, combien de temps devrais-je souffrir de son absence et attendre son retour? Une vive douleur se déplia dans mon ventre. Elle venait de loin, je la reconnaissais. Ce monde si beau un moment plus tôt ne fut plus que la coupe de masses sombres au bord de la nuit.

Il quitta la route. Le bois l'avala. J'espérai un moment suivre sa progression par le crépitement des brindilles piétinées, mais je ne reçus de la forêt qu'un angoissant silence. Une première étoile s'alluma dans le ciel. Que faire maintenant? J'avais soudain en moi tant d'incompréhension, je ne savais pas où déposer mon corps ni dans quelle direction diriger mes pensées. Je me réfugiai encore une fois dans ma voiture. Elle me servit d'armure, de carapace. J'empruntai des chemins caillouteux et défoncés, maigres tracés qui partageaient des forêts immenses, dans l'idée qu'ils déboucheraient nécessairement sur une grande route. J'aperçus des commerces isolés et clos, un restaurant délabré, du contreplaqué aveuglant ses fenêtres; je surveillais les lumières des chalets tapis dans les collines, piquées sur leurs ondulations noires comme des phares au bout de la mer. La seule autre source de clarté provenait de ma voiture. Elle reculait l'obscurité environnante, mètre par mètre, en projetant sur la route son halo court et tremblant. Le gravier, les pieds des troncs, les hautes herbes lisérant la voie ressortaient avec une précision fantastique, monochrome. J'avais tout contre moi les arêtes coupantes des cailloux, les rainures tordues des écorces, les filins des tiges, les frissonnements des feuilles, la fine poussière soulevée par mes pneus. Je traversais parfois des traînées de brume, elles stagnaient près du sol et se défaisaient sur mon passage en tourbillonnant. Les petites routes s'enfi-

laient les unes dans les autres comme dans un laby-
rinthe. Je me rassurai à nouveau sur les fanaux lointains des maisons. J'enviais leur assurance dans le
masque de la nuit. J'imaginais à l'intérieur des pièces
paisibles, où l'on était en sécurité. J'eus la nostalgie
poignante d'un foyer avec un homme pour m'entou-
rer de ses bras. J'eus froid jusqu'à la moelle.

Je roulais vite, complètement égarée. Ma carte
routière ne m'était ici d'aucune utilité. Mes mains
s'alourdirent sur le volant, un spasme creva ma poitrine, j'éclatai en sanglots. Aveuglée, je voulus ralen-
tir et freinai rudement. Le crissement des roues sur le
gravier détona dans la tranquillité sourde du paysage.
La forêt chancela sous des rayons de lumière affolés,
je dérapais, je me vis avec effroi quitter la route, ma
pensée se figea sur des images furieuses et incohéren-
tes, il y eut au-dessus de moi un grincement lanci-
nant, semblable au pleur de la coque d'un bateau sur
un récif, des flots de branchages griffèrent mon pare-
brise puis l'enserrèrent avec des craquements sinistres.
Je retombai, aussi brutalement, dans l'immobilité et
le silence, penchée sur la gauche, étourdie, le cœur
dans la bouche, les jambes en coton. Le moteur tournait. Les phares éclairaient un fouillis de ramures cassées.

Je n'arrivais plus à pleurer ni à me mouvoir, une
peur animale me tenait à la gorge. Je restai ainsi de
longues secondes, les yeux sur le désordre blanc du

tronçon de forêt violemment illuminé. Je grelottais. J'avais perdu tout contrôle en ces terres inconnues. J'étais atrocement seule. Étais-je vraiment hors de danger? La forêt me menaçait. L'étrange brume s'écoulerait de ses tanières d'obscurité, elle viendrait comme un grouillement de serpents, rampante, inexorable, elle allait m'emprisonner à mon tour dans ses anneaux, m'expédier loin, si loin hors du temps ou à l'extérieur de moi-même que je ne reconnaîtrais plus mes propres mains. L'anxiété colla à mon dos sa pellicule glaciale. Je parvins à redresser le volant, à enclencher la marche arrière, à écraser l'accélérateur. La luminosité des phares s'intensifia, le châssis vibra sous l'effort. Les roues arrière patinaient. Le moteur hurlait d'impuissance. La puanteur des gaz d'échappement se rabattit sur moi.

Je coupai le moteur, abaissai la vitre. Les stridulations des grillons, une froide odeur de résine et de terre moite pénétrèrent dans l'habitacle. Je guettai les ombres bruissantes. Je détachai ma ceinture de sécurité d'un geste nerveux. Ma portière s'entrouvrit à peine, bloquée par la végétation. J'enjambai le siège du passager, les mains en avant. Je sortis en hâte de ce côté et reculai de quelques pas. Il me fallut ces mouvements pour apprécier d'être indemne, mais je n'en tirai aucune joie. J'avais fait un dangereux tête-à-queue. Mon véhicule reposait dans la dénivellation de l'accotement, de biais, en partie encastré dans le sous-bois. La forêt l'avait saisi, portières et phares ouverts; il avait un singulier aspect de ruine. Je reculai encore et atteignis la route. Personne n'avait été témoin de mon impair. Je m'en voulais de ce coup de frein stupide, d'être responsable de mes ennuis.

Je récupérai mon sac à main, éteignis les phares et me mis en marche. J'aurais couru si mes jambes n'avaient été aussi faibles. J'entendais ma respiration précipitée, le vacarme de mes pas et le vol frénétique des moustiques appâtés par la chaleur de ma peau. Ma désolation ne fit qu'augmenter. La forêt élevait contre le chemin ses murailles touffues. Je distinguais parfois des clôtures métalliques à moitié écroulées, la bouche inquiétante d'un sentier. Des chauves-souris criardes voletaient entre les faîtes des sapins. Les maisons sur les hauteurs semblaient hors de portée. Je me vis frapper à une porte, présenter mon visage dévasté par des craintes irrationnelles. Je me devais de me ressaisir. À ma montre, il était vingt-trois heures. Je m'arrêtai. Pleine nuit. Pleine nature. Elle frémissait intensément de senteurs et de murmures et je n'allais nulle part. Je me tournai vers la moucheture pâle de ma voiture. J'aurais pu percuter un tronc de plein fouet, j'avais eu beaucoup de chance. Le brouillard s'effilait autour de mes chevilles, reptile mourant et sans prise. Ma silhouette se découpa efflanquée dans la poussière. La lune franchit la barrière des cimes et projeta sur moi sa clarté douce. Elle me donna du courage. J'étais encore dans la terreur du départ de Raoul et de l'accident et je ne faisais que me fuir moi-même. Je m'assis au bord de la route. La stridulation grave et lente d'un grillon s'éleva toute proche, étonnamment forte. Des fleurs sauvages couronnaient les herbes folles. Elles picotaient le gravier blafard de leurs minuscules ombres dansantes. Un peu de chaleur me revint. Raoul disparu dans la forêt, je pourrais au moins rester à ses abords. Monter la garde sur mon désarroi. Je retournai à mon véhicule.

Je rallumai les phares, flambée de brillance dans la verdure noire. J'évaluai les dégâts. Les roues avaient creusé la terre argileuse. Le toit portait une entaille profonde que j'explorai à tâtons, en suivant des yeux les sillons de l'herbe broyée par les roues. Algues mortes sur les flaques rouges des feux arrière. Je longeai la carrosserie. Le capot était intact, l'aile gauche égratignée. Les broussailles arrachées obstruaient les pneus sous les ailes. La position inclinée de la voiture rendait toute manœuvre difficile. Je ne parviendrais jamais à me dégager seule.

J'éteignis les phares et levai la tête vers le ciel étoilé. La nuit me pénétra soudain, lourde, impérieuse et ample. Je n'étais plus en mesure de penser. Mon corps était de plomb. Je m'étendis sur la banquette arrière, la tête du côté surélevé, la lune dans mon champ de vision. Tout son disque était éclairé, sceau d'argent scellant l'infini. Elle fit un bond sur la vitre lorsque mes épaules touchèrent le vinyle. Le ciel tournait. Le vertige me révéla l'étendue de mon épuisement. La banquette était trop courte pour mes jambes, je me recroquevillai le dos contre le dossier, me couvris avec le vieux plaid qui dissimulait ses taches, trouvai un certain bien-être dans ce creux de chaleur. Le chant des grillons m'enleva, son rythme mélodieux épousant la bonne mollesse de ma couchette.

Puis quelque chose me dérangea. Une présence à travers mes paupières closes, un appel qui m'était adressé, pourtant je savais qu'il ne s'agissait ni d'un phare ni d'une lampe et que cela se trouvait encore loin de moi. Je redressai le buste et m'appuyai sur les coudes. Les yeux grands ouverts, je regardai, de l'autre côté de la route, l'orée du bois. Deux personnes sortirent aussitôt de la forêt, leurs vêtements luisaient de l'éclat intermittent des flammes, leurs silhouettes resplendissaient dans l'obscurité. Elles avançaient directement vers moi. La femme à la longue robe rouge était madame Leclerc. Ses yeux verts à fleur de tête, sa peau d'une blancheur presque transparente, son corps bien charpenté s'imposèrent à moi sans doute aucun. L'homme était mon père à trente ans, avec ses cheveux bouclés et drus, sa bouche sensuelle, sa beauté juvénile. Son flamboyant manteau jaune était maintenant un simple costume de tweed, passé de mode. Ils marchaient en se tenant le bras. Mon père souriait à sa compagne, charmeur. Madame Leclerc gardait une expression sérieuse et réfléchie. Je pensai: je rêve, et cela me parut naturel.

Ils descendirent le talus de l'accotement, madame Leclerc se pencha vers moi à travers la vitre baissée. Elle était contrariée. Ses sourcils froncés formaient un pli volontaire au milieu du front. Elle me dit:

— Brûlez vos fantômes.

— Les fantômes ne brûlent pas, répliquai-je avec conviction.

— Oh si, ils brûlent!

— Brûler Raoul? Non, non, je ne peux pas.

Madame Leclerc et moi nous retrouvâmes ensuite assises sur le toit de la voiture, côte à côte. Elle croisait les mains sur son giron. Le bas de sa robe pendait sur la portière. Elle avait les pieds nus. Mon père avait disparu. Nous étions toutes deux établies sur la tôle froissée, comme hissées sur un roc pour contempler la mer. Je devinai dans l'obstination muette de la veuve sa volonté de m'instruire. Elle regarda droit devant elle et se mit à me parler, des vagues et des vagues de paroles assurées et paisibles. Madame Leclerc levait parfois le bras pour me montrer quelque chose au loin, je ne saisissais pas un seul de ses mots indistincts mais cela importait peu, le ton de sa voix contenait le message entier et proclamait: n'aie pas peur.

N'aie pas peur. J'eus devant moi une paroi de matière grise et lisse, cela me surprit intensément. Je la touchai des doigts. Un dossier de siège. J'étais éveillée. Mais l'étais-je véritablement? La netteté du rêve était tellement semblable à celle de cet instant, cet instant était si imprégné de son atmosphère que je les distinguais mal l'un de l'autre. Avais-je bien rêvé? Je me retournai sur la banquette. Oui, je n'avais jamais abaissé ma vitre, et d'ici il m'était impossible de voir de l'autre côté de la route.

J'étirai mes jambes en appuyant mes talons à la vitre. La lune s'était volatilisée. Dans un demi-sommeil engourdi, dans la marge de la forêt qui raclait la carrosserie avec le vent, dans ce calme sauvage je repassai en mémoire les séquences du songe. Alors les fantômes brûlaient et madame Leclerc attendait son heure. Elle me désignait comme incendiaire et Raoul, tout comme elle, n'était qu'un fantôme. Qu'est-ce que cela signifiait? Pourquoi mon père était-il à son bras? Mon père reçu au pays des fantômes. Décalé dans le temps, lui aussi. Trente-quatre ans soustraits de sa vie. Mon père léger dans le souffle de l'insouciance, père et époux à cause d'une grossesse accidentelle, jeune homme échappant à ses responsabilités, toujours prêt à nous quitter, ma mère et moi. Je me rappelai l'avoir vu dans ce costume de tweed sur des photos de famille prises lorsque j'étais petite, à l'âge où il m'avait déclaré un jour, en route pour la gare, une valise à la main, qu'il ne reviendrait jamais. J'avais hurlé de détresse. Il m'avait consolée, il ne voulait pas que je souffre. Il jura qu'il avait plaisanté. Il a travaillé quelques semaines dans une autre ville et il est revenu.

N'aie pas peur. Raoul reviendra.

Réconfortée par cette pensée, entendant encore la voix chuchotante de madame Leclerc en moi, je me rendormis. À mon réveil, la lumière était poudreuse, bleutée, de la tonalité froide de l'acier. Le jour était sur le point de se lever. Les oiseaux gazouillaient follement. J'avais dormi profondément et il me fallut quelques secondes pour comprendre où j'étais. J'avais chaud. J'étais courbatue. Je m'extirpai de la voiture. La forêt s'arrachait à ses noirceurs et se teintait de tous les verts. Je me juchai sur le toit de mon véhicule: poste d'observation dont je me souvenais parfaitement. Les trembles, les chênes, les bouleaux, les pins émergeaient du rideau de verdure avec des tons distincts, le coloriage devenait somptueux. Le soleil toucha mon front, cru et vif. L'air était délicieusement pur. La brise mollit. Je me sentais disponible, vide de toute émotion. Mais cela dura peu. Je me demandai en regardant la lumière inonder la route si d'autres rebelles au temps parcouraient l'univers, si Raoul était le seul. Quoi que nous fassions, nous n'étions jamais les seuls, aucune entrée ne se découvrait pour un seul d'entre nous. Certaines expériences étaient cependant si intimes qu'elles perdaient leur sens à tout autre niveau de connaissance. Je ne pourrais partager l'atmosphère de mon rêve avec personne, ni l'influence qu'il avait sur moi. J'eus une curieuse sensation de solitude: elle n'était pas douloureuse.

Un énorme vrombissement s'éleva sur la route. Interloquée, ressentant déjà les trépidations des moteurs, je scrutai l'échappée entre les arbres. Le bruit tut le chant des oiseaux, augmenta à chaque seconde, et je vis avec stupéfaction un camion de pompiers foncer sur le gravier, suivi d'un second véhicule encore plus gros, puis d'un troisième. En un éclair, dans une envolée de poussière, j'échangeai avec plusieurs hommes en uniforme le même regard abasourdi.

Le dernier véhicule ralentit, puis les deux autres; ils freinèrent tous trois au milieu du chemin. Des pompiers en descendirent, souples, musculeux, identiques avec leurs cheveux ras, leurs chemises à manches courtes et leurs pantalons bleu foncé. Ils avaient en toile de fond le rouge éclatant des gigantesques camions et je ne pus m'empêcher de sourire devant cet escadron miraculeux. Je sautai de mon perchoir. Un des hommes vint à moi, les yeux gris clair. Il s'assura que j'allais bien. «J'ai dérapé», expliquai-je. Il hocha la tête. J'ajoutai:

— Il y a eu un feu?

— Une fausse alerte. Une poêle oubliée sur une cuisinière. Ce sont souvent de fausses alertes.

Je hochai la tête à mon tour. Il se gratta la nuque.

— On ne passe pas par ici d'habitude, mais la route est fermée à cause d'un accident. Un motard a foncé dans un chevreuil. Il s'est tué.

Ce décès tragique n'avait pas de vérité dans cet instant tout léger de générosité et de soleil. Les feuillages pétillaient d'or au moindre souffle d'air, le jour chaud roulait sur l'herbe, sur les cailloux, sur nos épaules. Le pompier considéra ma vieille voiture.

— C'est toi qui t'en tires bien, dit-il.

Il me décocha un clin d'œil et se joignit à ses compagnons, déjà prêts à agir. Ils n'attendaient que moi. Je me mis au volant, démarrai et passai en marche arrière. La voiture oscilla, soumise à une forte poussée. Ils étaient sept busqués contre elle, je les comptai, sept pompiers contre mes rumeurs d'incendie, mieux valait sept jeunes pompiers que sept vieux nains, puis je songeai au motard et au chevreuil, aux règles inexplicables et aux équilibres secrets qui répartissent les accidents et leurs conséquences sur les routes du monde. Le mélange de violence et de grâce m'attrista, je me crus ensuite privilégiée, c'était puéril et aussi consistant qu'un mirage, mais ce sentiment n'allait que trop bien avec l'élan qui emporta soudain mon véhicule vers l'arrière et le rétablit sur la route. J'étais libérée, un sauvetage inespéré, ma voiture avait été soustraite à la forêt: je ne laissais derrière moi que des empreintes en creux, dans les herbes et les branchages saccagés. Le pompier séducteur toucha du

bout du soulier mon pneu avant gauche, à moitié dé-
gonflé. Je n'avais pas de roue de rechange. Il me proposa d'appeler une dépanneuse, mais je préférais aller
au garage le plus proche, quitte à sacrifier le pneu;
c'était possible, une station-service se trouvait à seulement quelques kilomètres. Le pompier m'expliqua
le chemin. Je voulus le remercier en lui rendant son
clin d'œil mais je ne réussis qu'à battre des deux paupières en même temps. Il ne sut comment interpréter
cette grimace, tambourina sur le pare-brise, la bague
à son petit doigt claqua contre la vitre, puis il me
salua et grimpa dans son camion. Je criai «merci!» par
la fenêtre, je signifiai à tous ma gratitude en agitant
longuement la main. Le formidable vrombissement
reprit, je le suivis. Les camions me distancèrent presque aussitôt. Ma voiture tenait mal la route, elle émet-
tait des bruits de frottements et des couinements in-
quiétants. Mais j'avais le cœur empli d'une résolution
enjouée, rouge pompier. Mes terreurs de la nuit étaient
d'un autre temps.

Je montai une côte à une allure d'escargot puis
tournai à droite. Je roulais sur une chaussée déformée,
j'étais cahotée entre une double rangée de peupliers,
ma garde d'honneur, mon escorte de grands soldats
raides et chevelus. Des buissons en fleurs poussaient
à leurs pieds, je recevais au passage un parfum de miel.
Des lièvres s'enfuirent, un chien aboya. Des boîtes
aux lettres en tôle étaient plantées de travers au bord

de la route. J'apercevais derrière les arbres des maisons espacées. Ma roue tenait bon. J'arrivais au village.

Le garage venait d'ouvrir. Le pompiste buvait du café derrière la caisse, les paupières encore engluées de sommeil. Il avait des doigts épais, une casquette dont la visière était rabattue sur la nuque et un bleu de travail barbouillé de graisse. J'analysai les odeurs de la pièce vitrée: café, eau de Cologne, huile à moteur, essence; c'était agréable, presque sucré. La radio diffusait à fort volume de la musique rock. Sur le calendrier mural, la pin up de juillet bombait le torse et poussait ses plantureux seins nus vers l'objectif. Le pompiste déposa son gobelet de carton. Je demandai qu'on répare ou change mon pneu, et qu'on procède à une inspection mécanique. Ma voiture n'était pas assurée et je ne me souciais pas pour l'instant de la carrosserie. L'homme bâilla, saisit mes clés et me dit de revenir en fin de matinée.

Je fis quelques pas et regardai le village s'animer. Les habitations s'aggloméraient de manière inégale autour de la route, blanches, roses et basses, rompant l'uniformité sombre des forêts. Un autobus klaxonna à l'unique feu de circulation. Des hommes chargeaient des caisses dans un camion. Un cycliste fila près de moi, gainé d'un cuissard jaune. J'entendis longtemps le frôlement de ses roues. Un calme monumental descendait des collines. Je me dirigeai vers une enseigne carrée représentant une assiette de frites. Comment

Raoul avait-il passé la nuit? Était-il déjà retourné chez les Agostini, déjeunait-il avec Véronique, utilisait-il ses aquarelles?

Deux femmes cuisinaient des aliments gras dans un casse-croûte saisonnier en forme de conteneur, ouvert sur le devant. Elles portaient des tabliers à bavette sur leurs robes de nylon chocolat, leurs cheveux étaient retenus par des filets. Elles me parlèrent du beau temps, je commandai des saucisses et des pommes de terre sautées. Je mangeai à une des tables sous l'auvent, contente d'avoir quelque chose de chaud à me mettre dans le ventre.

Où aller ensuite? Je déambulai le long de la chaussée. J'eus soudainement une conscience si radicale d'un éloignement que j'aurais pu aussi bien me trouver dans un autre hémisphère. Ou dans une dimension différente. J'aperçus le clocher d'une église et je marchai vers lui. Je le voyais s'effacer derrière les arbres, réapparaître au-dessus des murs comme s'il se déplaçait avec moi. Nous accomplissions un chassé-croisé, les églises m'attiraient maintenant, j'étais une fidèle aimantée, ce devait être ma foi en Raoul, et celle, toute neuve, en un univers béant, malléable et mystérieux. J'ignorais comment, mais les églises en étaient le pivot.

J'aboutis à un petit cimetière. Après avoir franchi la grille en fer, j'eus devant moi le mur latéral de l'église, en pierre, deux vitraux très élevés, le plan incliné du toit, d'un gris argenté, et le clocher qui pointait vers le ciel. Cette vue me plaisait, et le cimetière aussi, avec ses éclosions de fleurs sur les amas de terre des sépultures, ses sapins, ses pierres tombales sagement alignées, desquelles émanait un silence grave, un silence si empli de mort qu'il me força à m'asseoir sur un banc et à écouter. Des anges de pierre saillaient au-dessus des tombes, toutes ailes déployées; des madones et des christs sculptés peuplaient avec eux une aire transitoire où l'esprit s'incarnait encore dans des figures sacrées, avant qu'il ne s'envolât par le haut, dans l'immense dégagement du ciel. Les pierres tombales, leurs noms, leurs dates, leurs épitaphes faisaient office de cartes de visite. Nous aurons les nôtres un jour, Raoul et moi. Cette pensée me provoqua un vif pincement au cœur. Raoul ne devait pas s'envoler tout de suite, pas encore. Nous avions encore tellement besoin de temps. Mais tous, dans ce cimetière, avaient espéré cela: encore un peu de temps. Le temps ne les embarrassait plus, maintenant. Le temps n'était pas bref, ou long: il était un voile déchiré. Peut-être les trépassés m'observaient-ils, peut-être se disaient-ils: «Tiens, voilà une autre pauvre âme qui s'inquiète du temps.»

Je résistai à la tentation de consulter ma montre. Un vieil homme entra à son tour par la grille, tenant à la main un bouquet de roses. Il était si voûté qu'il allait presque plié en deux. Il passa devant moi avec une lenteur gênante. Son chandail de laine, trop grand, était maladroitement rentré dans ses pantalons, trop larges, qui restaient raides sur ses jambes, le pli nettement dessiné. Il ne subsistait sur son crâne chenu que quelques mèches de cheveux gras. Son nez était osseux, ses lèvres, atrophiées. Une momie, pensai-je. Mon jugement fut court-circuité par un sourire inopiné. Il paraissait réellement heureux de me voir. Nous nous dîmes bonjour. Il coucha le bouquet sur une tombe encore fraîche, pas très loin du banc. Il s'immobilisa dans sa drôle de position penchée, il se recueillait. Il avait l'air d'un oisillon au trop long cou, une bête funèbre, déplumée, mais aucunement sinistre. Il revint par le même chemin, en me couvant des yeux. Il s'assit à côté de moi. Je reçus une odeur de menthe, et une autre, plus aigre, indéfinissable.

— Elle a quatre-vingt-six ans aujourd'hui, dit-il d'une voix chevrotante, pour entamer la conversation. Nous avons passé soixante-sept ans ensemble.

Des larmes en billes de verre glissèrent sur ses joues. De longs poils raides poussaient de ses sourcils telles des antennes de langouste. Le chagrin et l'âge avaient altéré la couleur de ses yeux, troubles comme du nacre. Il chassa de la main une guêpe qui voletait près du pommeau de sa canne, puis dirigea un index crochu vers chacune des pierres tombales, du geste de quelqu'un qui en ferait le compte.

— Tous ces noms sont les nôtres, dit-il.

Il ne devait pas avoir eu de compagnie depuis des jours et échanger quelques mots me convenait bien, j'étais seule, nous nous trouvions dans un aéroport, cet homme se préparait à partir, il était mieux informé que moi.

— Vous voulez dire que nous attendons tous notre tour, dis-je.

— Non, non, protesta le vieil homme, je veux dire que nous sommes tous des pensées de Dieu, que nous pourrions être n'importe laquelle d'entre elles, que cela n'a pas vraiment d'importance. Mais quand nous entendons très fort une de ces pensées, quand un nom s'impose à nous avec une grande clarté, nous tombons amoureux.

L'idée me séduisit.

— C'est vrai, approuvai-je. À cause de l'amour, j'entends aussi les fantômes.

Je le touchai légèrement à l'épaule.

— Vous n'en êtes pas un, j'espère?

L'homme s'essuya le visage et se moucha bruyamment.

— Qui sait. Je vais vous dire quelque chose. La vie ne dure en réalité que cinq minutes. C'est ainsi. Sans poids, aussi net et intense qu'un rêve. C'est tout.

— C'est beaucoup.

— Un fameux paradoxe, admit-il. Je vais vous dire autre chose. Dieu s'exprime avec des paradoxes, ainsi il est sûr qu'il ne peut s'arrêter nulle part, que ses pensées et les nôtres vont à l'infini. Si vous parvenez à deux idées contraires qui sont aussi vraies l'une que l'autre, et que vous les acceptez toutes deux, vous entrez dans l'infini.

Il spécifia, les yeux à demi fermés, avec l'expression satisfaite de quelqu'un qui goûte à quelque chose de très savoureux:

— Il est même probable que vos fantômes existent et n'existent pas en même temps. Mais nous sommes trop obtus pour imaginer cela possible, n'est-ce pas? Nous avons une imagination de petite souris, croyez-moi.

Disait-il cela pour moi? Je me représentai la malchance du motard, les souffrances d'Hélène, de Véronique, d'Étienne, de Raoul.

— Mais Dieu est-il bon?

L'homme me tapota la main. La sienne était arrondie et lignée comme un coquillage.

— Il faut même de l'amour pour cuire une tarte aux pommes convenable.

Il sortit de sa poche de pantalon un morceau de pain enveloppé dans du papier ciré et m'en offrit un morceau, tout écrasé.

— Vous croyez qu'il est possible de se perdre dans le temps? demandai-je, mise en confiance, la bouche pleine, ravie de partager enfin cette énormité avec quelqu'un.

Il réfléchit, mastiqua, réfléchit encore.

— Si on vit dans le passé ou si on perd espoir, oui, le temps nous engloutit.

— Mais je veux dire, physiquement?

Ses antennes de langouste s'agitèrent.

— Je crois aux miracles, vous savez.

Il tourna vers moi son visage raviné.

— Dieu songe, le reste suit, murmura-t-il.

— Alors nous ne sommes jamais perdus.

— Dieu n'égare jamais une seule de ses pensées, non, il serait trop seul sans nous. Priez beaucoup, ma chère, en priant beaucoup nous joignons nos pensées aux siennes, l'illusion en devient moins opaque.

Je priai: Mon Dieu, ramenez Raoul à bon port, où que cela soit, il devrait avoir le droit de rentrer maintenant. Était-ce cela qu'il fallait faire? L'homme lut le doute et l'effort sur ma figure.

— Pardonnez-moi, bredouilla-t-il, je parle trop, je suis pompeux.

Il se leva. Le redressement fut pénible, et suffisamment long pour que la question que je n'avais pas osé poser m'échappât:

— Avez-vous été heureux avec votre femme?

Il tressaillit, son menton s'affaissa, il commença à bégayer, puis se tut. Il se rapprocha et me serra le bras, avec émotion, d'un déplaisant mouvement de pince. «Vous serez un jour un ravissant fantôme», me jeta-t-il en me sondant de son regard nacré. Il s'éloigna ensuite de son pas traînant. Je ne me risquai pas à répondre, je le regardai franchir la grille et remonter la rue comme s'il désertait mon champ de vision pour pénétrer dans l'invisible. Adieu, vieux monsieur spiritualiste, bon voyage, je lui envoyai cette pensée, peut-être le poursuivrait-elle comme un chien affectueux et fidèle et finirait-elle par le rattraper. Je quittai le banc à mon tour et me dirigeai en sens inverse. Les plus ravissants fantômes étaient sûrement les plus gentils, mais ce bon veuf ne m'avait pas clairement renseignée sur sa situation conjugale, soixante-sept ans de vie commune me paraissaient une traversée aussi dépaysante qu'un vol vers la Lune ou que les couloirs de l'après-vie.

Je fis une halte devant la tombe de la défunte épouse. *Alys Archambault, notre mère bien-aimée.* Le nom de mon interlocuteur était déjà inscrit. *Armand.* Les roses, d'un rouge sang, étaient sur le point d'éclore. La sépulture à gauche était celle d'un adolescent de quinze ans. *Notre amour t'accompagne pour toujours.* J'avançai entre les rangs, prononçant les noms à voix basse, m'attendrissant sur les inscriptions, les cœurs en laiton, les photos dans les niches vitrées. *Thomas Smith. Robertine Lefourneau. Avec nous à jamais.* Pour toujours. À jamais. Mots démesurés, trop grands pour nous, qui nous écrasions le nez contre notre étroite fenêtre spatiotemporelle. Pourquoi osions-nous même les concevoir? Un corbeau croassa si fort qu'il m'arracha à mes réflexions. Je me retournai pour l'observer. Il s'était posé sur une pierre tombale près de moi et s'envola aussitôt avec lenteur et arrogance. Je perçus le clapotement léger d'un cours d'eau, rumeur irrésistible dans la chaleur qui s'accentuait. Je la suivis. Un petit pré succéda à l'herbe rase. J'étais sortie du cimetière. Un sentier conduisait à une passerelle. Le ruisseau s'élargissait en amont, où le courant se jetait en écume sur une bande de rochers qui dallait l'eau d'une rive à l'autre. Le carillon de l'église éclata, insistant, cristallin malgré l'atmosphère humide, porté par le ciel, accordé au tumulte limpide du ruisseau. Chaque tintement me commandait «Vis!» et un grand bonheur m'envahit. Je pris place sur une roche plate, au milieu du courant.

Étendue sur le dos, je trempai un avant-bras dans l'eau. Sa caresse froide et lisse fut délicieuse. «Vis! Vis!» Le ciel au-dessus de moi était dégagé, vide de tout repère, je me balançais dans ce bleu-gris, bleu éternité, gris canicule, où l'air s'étouffait de soleil, et les sons se perdaient dans le grondement de l'eau. Une masse se détacha du fond, d'un gris plus affirmé. Elle dérivait à faible altitude, échappée, un carré de mousseline, ou un cerf-volant. Une pensée de Dieu? Cela devait être amusant de penser les nuages, ils semblaient ne rien peser, se modeler sans résistance aux inflexions de l'esprit, à chacune de ses nuances... Le nuage s'étira, pâlit, disparut. Adieu petit nuage, tu n'as pas supporté que je pense à toi. Je jouai à imaginer que je l'avais chassé par ma volonté et un rêve ressurgit alors de ma mémoire, ce fut subit et majestueux comme un glacier qui remonte à la surface, soulevant le train de mes pensées. Les bouillonnements et les miroitements qu'il provoquait étaient images et sensations. Dans le rêve, je marchais pieds nus dans un jardin en sachant que des souliers se matérialiseraient à mes pieds si j'y pensais assez fort. Je m'étais concentrée, j'avais été aussitôt chaussée. Pouvais-je réaliser en rêve ce que Dieu accomplissait ici, avec nous et avec les nuages? Nous arpentions le jour et la nuit des réalités différentes, mais elles étaient toutes deux territoires de l'esprit. Elles étaient jointes, connexes, peut-être pas si dissemblables l'une de l'autre. J'avais au moins une fois été ma propre déesse dans mon propre monde. Qu'étais-je ici?

Je m'assis sur mon rocher. Je roulai le bas de mes pantalons et retirai mes chaussures. Manœuvre inverse. J'étais deux pieds blancs, aux longs orteils. Je les plongeai dans l'eau et les battit de plaisir. J'étais ces mollets plutôt mous, ce bassin gauchi sur les inégalités du roc, ces bras raidis sur lesquels je m'appuyais. Non, je n'étais ni mes pieds, ni mes mollets, ni mon bassin, ni mes bras. Ils ne faisaient que me servir. J'avais tort de m'identifier à mon corps. Je ne coïncidais réellement qu'avec ma pensée. Mon hôte du cimetière avait dû m'envoyer cette idée en retour.

Les pensées étaient contagieuses comme le chaud et le froid : il suffisait d'être à découvert.

Je fus captivée par les flots bruyants, hypnotiques, par la rêverie que je n'étais pas ce pauvre corps, émouvant et fier, posé entre eau et ciel, si sensible au temps. Je me vis libre, j'étais avec le souffle d'air frais qui montait de la rivière, avec les scintillements de l'eau lustrée, j'étais avec Raoul, dans son odeur, j'étais avec la forêt qui nous encerclait, avec les croix prenant l'horizon du bout des clochers, avec les pierres tombales suggestives comme des titres de livres. Une prodigieuse joie s'ébaucha en moi, puis je ressentis de l'inconfort, toute cette grandeur se rétrécit dans les aspérités de la pierre qui me meurtrissait les fesses. Le charme se rompit, aussi évanescent que mon rêve. Je remis mes souliers et me promenai sur la rive. Des enfants se baignaient en riant. Les accords d'un violon jaillirent d'un chalet. Ils étaient maladroits, un musicien s'exerçait à jouer, mais le son aigu voltigeait avec mélancolie et je l'écoutai un moment dans un abandon paisible. Le ciel pouvait s'ouvrir et se refermer sur un petit carré de terre, le temps se désintégrer, les fantômes et les vieillards me parler leur drôle de langage, j'étais maintenant comme Raoul, je m'éveillais à tout, j'étais au pays des merveilles. Mais n'était-il pas aussi peuplé d'ogres ? Curieusement, je me sentais pleine de connaissance et menacée. Enfin, il fut l'heure d'aller reprendre ma voiture.

Le pompiste me conduisit à l'atelier. Le capot de ma voiture était encore levé, seul véhicule dans un désordre d'outils, de bidons, de morceaux de tôle. La mécanicienne avait les cheveux tressés, un lobe d'oreille percé d'un anneau, une démarche placide, une taille de géante et un regard fixe de surdouée. En maîtresse du lieu, elle abattit le capot, sèchement, comme on barre la gueule d'un animal docile. Elle avait bien travaillé, changé le pneu, réaligné les roues, révisé les freins et la transmission, versé des huiles et inspecté le dessous de ma voiture. Je payai et en repris possession. Labourée, cabossée, je lui trouvai de la ressemblance avec le visiteur du cimetière. Nos corps, nos automobiles: mêmes véhicules à user. La mécanicienne m'orienta sur les chemins de la région avec une parfaite précision. Le bruit de mon moteur me rendit impatiente. Je gagnai la route, reprenant mon parcours en direction contraire, dans la lumière du jour. Il durerait à peine une heure. Je tendis le bras dans le vent chaud. Allons-y, Armand, ma vieille berline, retrouvons mon Raoul, mais j'avais peur de me tromper, de ne pas lui accorder assez de temps seul avec les Agostini. Sans lui, hier était cependant si loin, déjà cent ans.

Je reconnus le toit bleu de la maison derrière un bouquet d'érables et je me mis à courir. Je m'arrêtai à la lisière de la propriété. Je ressentis immédiatement son espace rectangulaire comme un territoire clos et dangereux. Un chevalet était dressé devant les jasmins en fleurs. Par terre, une couverture de flanelle, à rayures, chiffonnée. Raoul était seul, il fumait une cigarette dos à la toile. À sa seule vue, une onde de plaisir me traversa. J'aurais voulu me poster ici, rassasiée, satisfaite, pouvoir me repaître de mon rôle d'alliée et de témoin. Raoul jeta sa cigarette et tourna son visage vers moi. Je ne l'avais jamais vu avec cette froideur. Son regard resta sur moi. J'avançai jusqu'au chevalet.

Un nu de femme emplissait la toile. Le sommet de sa tête, ses coudes et ses genoux s'écrasaient sur les bordures : une femme envahissante, à l'ascendant presque incontrôlable, qui retourna mon regard avec des yeux lointains. Leurs lueurs s'opposaient nettement :

le gauche était tendre, le droit, indifférent. Des yeux de chien, des yeux de déesse et de lézard. L'élégance de la courbe du visage, le nez droit et les vagues rouges des cheveux, d'une perfection immatérielle, me surprirent. Les lèvres au pli impératif, à la pulpe d'un violet funèbre, me rappelèrent Véronique. Le reste du corps était encore à peine esquissé, mais les seins étaient lourds et les hanches, fuchsia, renflées tel le galbe d'un vase. Je revins sur les yeux ambrés, énigmatiques. Ils convoyaient seuls un peu d'espoir. Mais le modèle semblait tourné vers la quête du peintre dans une déconcertante ambiguïté: volontiers suspendu à sa main, il se refusait encore. L'artiste et la femme s'étaient déjà figés. La vie échappait au portrait des deux côtés du chevalet. Il ne livrait aucun sentiment d'intimité. Cela me causa une brève nausée, comme si j'avais contemplé un ballot de chair morte.

— C'est un fantasme, murmurai-je, déçue.

— Je n'y arrive pas, admit Raoul à voix basse, derrière mon épaule.

— Elle a vu le portrait?

— Non, pas encore.

— Pourquoi un nu?

— Patrice l'a suggéré. Véronique a aimé l'idée. Le désir d'être métamorphosé par l'art, de s'exposer vraiment. Mon regard sur elle les intéresse. Ils me demandent qui elle est.

— Et toi?

— D'habitude, je travaille mieux sans les vête-ments. C'est un masque en moins. La chair, bien sûr, déguise autre chose... J'essaie aussi de la contourner.

Raoul dirigea sur le domicile des Agostini son regard acéré, et c'était comme s'il faisait soudainement plus sombre.

— Ils sont rentrés un moment. Une pause. Ils sont sûrement allés faire l'amour.

— Drôle de jeu, dis-je.

J'étais triste. La cour était triste, et le soleil blanc, et le visage de Raoul, et la maison. Un enfant cria d'une voix endormie. Étienne s'éveillait de sa sieste dans sa chambre. Je regardai Raoul. Il était au bord de la panique.

— Allons-nous-en, dis-je.

— Je n'ai pas fini. Reste. S'il te plaît.

Une porte claqua. Étienne accourut, vêtu seule-ment d'un short. Il alla directement vers Raoul, qui le souleva assis sur son bras. Véronique parut ensuite, les yeux fuyants, dans un court peignoir de ratine. Elle avait les joues roses, les lèvres tirées en un sourire dur, et elle marchait vite, la tête basse, comme quel-qu'un sous la pluie. Ma présence ne la gênait pas, elle se souvenait de mon prénom et me le lança gaiement. Patrice sortit peu après, la chemise pendante sur le pantalon, tenant deux coupes et une bouteille de vin. Il me salua sans chaleur, mais j'étais acceptée.

Chacun retrouva sa position. Raoul déposa Étienne, ramassa sa palette et ses pinceaux. Véronique s'assit sur les talons, sur sa couverture rayée. Elle réclama de Patrice une gorgée de vin, puis se défit de son peignoir d'un geste à la fois maladroit et imposant. Patrice se posta debout, près d'elle, vigile possessive en retrait du chevalet, mais tout contre le faisceau de regards qui allait du peintre au modèle. Ils avaient déjà disposé d'un peu de temps pour s'accoutumer à la mise en place, c'était moi qui la supportais mal. La nudité de Véronique m'embarrassait. La peau satinée par le soleil, luisante de crème, les épaules rondes, la poitrine en poire, les larges mamelons pointus, le ventre renflé et souple, la toison pubienne noire. Était-elle belle? Dans ce don, dans ce risque, dans la fierté de son corps, de sa féminité, oui, bien sûr, elle l'était. J'observai Raoul: c'était sa mère: quel effet ce dévoilement avait-il sur lui? Je me rappelai que pour lui la nudité de Véronique était entièrement contenue dans les couleurs qui cherchaient le jour sur la toile, elle filait entre les choses, elle se logeait ailleurs. Je l'acceptai, moi aussi. Je m'assis sur une chaise, derrière Raoul. Je le regardais peindre.

Il progressait difficilement. Il reculait, plaquait sa main sur le creux de son estomac, traînait sans le vouloir le pinceau sur ses vêtements. Je suivais, fascinée, sa chorégraphie, son action lente et focalisée. La couleur tombait sur la toile. L'averse provenait du centre de Raoul, elle s'accordait à sa respiration. Le corps de la femme se couvrit d'une teinte rouge qui vira à l'orange. Des cuisses épaisses parurent, ramassées sur elles-mêmes sous le bassin. Des bras courts, serpentins, se joignirent sur les genoux avec une mollesse angoissante. Raoul perdit les seins dans le tronc devenu disproportionné, qu'il ravagea avec un brun sale. L'ovale du visage se borda de noir. Les taches blanches des fleurs, en arrière-plan, restaient décoratives, une fuite. Le trait et la couleur s'achoppaient à une barrière diaphane, déformante. La peur régnait sur la toile, communicative. Je me contractai.

Cette alarme se propageait de lui à moi. En contraste, la trêve entre Véronique et Patrice se prolongeait. Véronique monopolisait les regards des deux hommes et Patrice savourait l'entière satisfaction de sa femme, sans doute rare. Étienne profita de leur entente et tendit les mains vers son père, qui le hissa sur sa hanche.

Véronique évitait de bouger mais elle jetait à Patrice et à Raoul des petits coups d'œil complices. Parfois, elle disait: «Ça avance?» ou «Est-ce que ça va être beau?» Une mèche de cheveux dissimulait son regard, ou bien à cause d'une crampe elle déplaçait son poids d'une fesse à l'autre. Raoul immobilisait aussitôt sa main, contrarié, et elle était ravie que quelques-uns de ses cheveux, ou un seul de ses mouvements, puissent revêtir une telle importance. Parfois aussi elle prenait une longue inspiration, se remplissait d'air comme on jouit d'une caresse, s'étirait, gonflait ses poumons, son ventre, avec beaucoup d'aplomb et de naturel, nullement inhibée par notre vigilance. Étienne explorait le parterre autour d'elle sans oser la gêner, comme un petit animal appâté et timide. Raoul effaça avec un linge le contour d'un bras. Véronique en profita pour piquer un jasmin dans sa chevelure et s'éponger le front. Nous avions terriblement chaud. Étienne enfonçait par poignées des cailloux dans un arrosoir de plastique et les regardait couler. Patrice, l'œil allumé, admirait sa femme ainsi, avec cette peau resplendissante, exerçant comme une jeune reine ses pouvoirs.

Je surveillais Raoul: la lutte était terrible.

Sa main tremblait. Véronique et Patrice ne s'en rendaient pas compte, mais Véronique s'ankylosait, se lassait, quittait à tout moment la pose pour lécher distraitement les bords de son verre ou bavarder avec son mari. Sa générosité s'épuisait, elle était de moins en moins disponible aux explorations de Raoul. Je me levai. Les couleurs mélangées avaient composé sur la toile une boue informe. Le corps de Véronique ressemblait à un sac gris, sans yeux, sans bras, effondré sur les cuisses. C'était hideux. La distance entre Raoul et Véronique restait infranchissable. La toile hurlait cette cruelle vérité. Je posai brièvement une main inquiète sur l'épaule de Raoul. Il se sépara de son tableau, annonça avec résignation qu'il avait terminé.

Véronique bondit sur ses pieds avec une exclamation réjouie. Elle enfila négligemment son peignoir et se hâta devant le chevalet. Raoul surveillait sa réaction. Il y avait encore une attente dans ses yeux. Elle disparut: le visage de Véronique se convulsa. Elle s'écria:

— Je ne suis pas si laide! Ce n'est pas moi!

Elle abattit la toile d'une poussée rageuse. Patrice se pencha sur le tableau renversé. Il était visiblement désappointé, mais il se tut, comme si le répit prenait simplement fin, comme s'il comprenait la difficulté. Il était un peu saoul et s'affala sur la chaise. Étienne, affolé par les cris de sa mère, se mit à pleurer bruyamment, mais personne ne lui prêta attention. La scène était pitoyable. J'étais comme Raoul: paralysée. Véronique marcha sur lui le peignoir ouvert, les doigts serrés sur son vêtement, le regard d'une méchanceté stridente, affûtée.

— Qu'est-ce que tu veux? siffla-t-elle avec dédain. Qu'est-ce que tu es venu faire ici?

Ses seins tressautaient. Je ne vis que cela: les saccades molles et furieuses des seins sur la poitrine, les petites dents dans la bouche tordue de dépit, les cheveux collés à la lèvre.

— Pauvre fou! Va te faire soigner!

Puis, en écho, j'attrapai le regard d'enfant défait de Raoul, ses bras ballants, sa main impuissante qui tenait encore le pinceau. Mais Raoul se détourna soudain de Véronique, chercha son sac dans l'herbe, le ramassa avec dignité, s'efforça de sourire à Étienne et s'éloigna. Je le suivis, la voix rauque de Véronique, les sommations cassantes de Patrice, les glapissements du bambin rabroué dardés dans la nuque.

La propriété des Agostini sembla s'étirer sur des kilomètres, la pelouse roussie, la bordure d'arbres, les pelles et les seaux du petit garçon, le canot rouge, la vieille voiture au pneu crevé, les cris qui nous rattrapaient sans cesse, la lumière âpre, et l'humiliation, qui nous blessaient. Nous nous retrouvâmes sur le chemin, les larmes aux yeux. Je levai le regard vers le soleil, il brûlait férocement, et je pensai que le crépuscule descendrait sur la ville dans quelques heures, qu'il éteindrait la douleur dans ses demi-tons, que nous serions alors chez moi, enrobés dans sa bienveillante lassitude. Raoul ne se réfugia pas dans cette espérance: il ne se dirigeait pas vers la voiture mais vers le lac. Je me vis galoper dans son dos, ahurie, la bouche ouverte en une interrogation sans fin. Je le rejoignis.

Nous nous assîmes à l'ombre d'un bouleau. L'eau, devant nous, avait l'aspect d'une glace fondante, sale, qui glissait d'un bloc dans notre direction, puis refluait, s'approchait encore, sans rien nous offrir de sûr, pas même la modulation harmonieuse de ses vaguelettes. Elles étaient désordonnées et bourbeuses. Deux canards noirs, leurs plumes détrempées collées sur la tête en une vilaine houppe, fixaient sur nous des yeux vitrifiés. Ils se déplaçaient sans bruit sur l'eau à la lourdeur de glace, avec des virements confondants.

Je me reposai contre le tronc de l'arbre. J'attendais que Raoul parle, que ses mots nous éclairent et viennent à sa rescousse, et il dit:

— Je n'ai jamais pu la respecter.

Il énonça ce constat avec affliction, comme s'il expliquait tout sans rien arranger, comme si ce mépris courait dans ses veines avec le sang familial et valait aussi pour lui.

— Qu'est-ce qui va leur arriver?

— Ils vont perpétuer leur enfer, répondit Raoul.

— Qu'en est-il du tien, Raoul de mon cœur? murmurai-je, mon regard plein de son visage qu'il tournait aux trois quarts vers moi, de son maillot bardé de couleurs, comme autant de coupures et de petites morts.

Je captais violemment le vide qu'entraînait en lui le ratage de son contact avec les Agostini. La donne de départ n'avait pas été modifiée. Raoul avait été chassé, aveugle sans doute, aussi buté et désorienté qu'eux. Son passé ne recelait pas de trésor, il était venu en vain. Lui était-il fermé à jamais, était-il maintenant acculé à cet obstacle? Je quittai l'arbre le souffle court, le mur était trop haut, trop grand: pour la première fois, je dus fuir Raoul.

Je trempai par mégarde mes souliers dans l'eau. Raoul n'avait pas bougé. Son visage était amer, et très vieux. Le canot des Agostini parut sur le lac. Patrice ramait avec vigueur, seul à bord. Raoul se redressa. Patrice était déjà loin, mais il lâcha une rame, tourna la tête vers lui et lentement, presque au ralenti, presque timidement, il leva le bras. Debout au bord de l'eau, Raoul lui adressa le même salut, avec la même prudence et le même désir de paix.

J'avais sauté par-dessus les langues d'eau, de roc en roc, et atteint une hauteur sur la berge. Le cours de mes pensées s'anéantit sur la silhouette de Raoul au bras porté en étendard, sa ligne verticale devant le lac, avec le canot posé sur la plaque bleu ardoise, immobile. À ma gauche, les hautes pointes des sapins élevaient contre le ciel un cordon de lances, le soleil devant moi était un éblouissant trou de lumière, et la bande de terre plate, celle qui longeait le lac jusqu'à Raoul, une voie déblayée d'un gris de cendre, sur laquelle je retournai aussitôt. Je réalisai avec stupeur que je connaissais déjà intimement l'emplacement des choses et leur aspect, la présence de Patrice et de Raoul avec leurs gestes, qu'ils avaient déjà existé auparavant, quelque part en moi: deux plans de réalité se fondaient l'un dans l'autre sous mes yeux, m'engluant dans un ébahissement terrifiant, où j'étais à la

fois en dehors de moi-même et d'une extrême lucidité. J'avais rêvé ce moment tel qu'il se produisait,
exactement. Pire encore: je savais que Raoul allait
s'avancer vers moi dans ses vêtements noirs, dans
l'étincellement de ses prunelles noires, dans l'opposi-
tion si marquée de sa barbiche et de ses cheveux noirs
contre son visage blanc, et que son regard halluciné,
si semblable au mien, allait se verrouiller à mes yeux.
Je savais que je ne pourrais plus bouger mais qu'il
s'approcherait toujours, en butte à la même découverte: nous avions fait le même rêve, nous nous étions
dédoublés, nous avions subtilisé au temps une minute
d'éternité.

Un geai s'envola d'un arbuste, les cloches jaunes
des fleurs sauvages perdirent leur véhément relief. La
texture d'irréalité commençait à se dissiper. Patrice
avait disparu sur le lac. Je revins dans un environne-
ment vierge, j'ignorais ce qui allait suivre, je redeve-
nais un être unidimensionnel mais je tremblais et
Raoul me dit, secoué, frappé par une soudaine évidence:

— Je ne suis pas Raoul Agostini.

Pourquoi disait-il cela? Pourquoi n'étais-je jamais
en sécurité avec lui?

— Je ne comprends pas, murmurai-je.

Je craignais un nouveau basculement qui jetterait
cette fois Raoul tout à fait hors de ma portée.

— Mon nom, affirma-t-il d'une voix à peine audible, est Raoul Beaulieu.

Beau lieu. Il sourit. Mots précieux, mots chantés. Son sourire me fit un bien immense. J'effleurai sa joue de mes doigts:

— Te souviens-tu de moi?

— Je me souviens de tout.

J'avais si peur de le perdre:

— Ce que tu as dit... tes émotions... c'était à toi ou à Agostini?

— C'est la même chose, répondit-il.

Je cherchai ses yeux, ils étaient embués de larmes. Je n'y distinguai personne d'autre que l'homme que j'aimais.

— Je suis rentré, fit-il encore, en plein émoi.

Il prit ma main et la serra, gauchement, trop peu. Mais ses doigts étaient forts et je n'avais plus à redouter que le futur ne me le ravisse, comme une bête dans le noir. Nous appartenions à la même séquence, à la même toile. Nos encoches dans le temps se superposaient. Raoul était à bon port. Et je pleurai de joie moi aussi.

L'endroit était magique, ses bosses de terre dure et ses pierres possédaient encore des relents de rêve. Des lambeaux de rêve restaient mollement attachés à ma conscience, même le corps de Raoul en était tout imprégné, jusqu'aux plis de son maillot, jusqu'à la ride au coin de son œil.

Nous nous étions assis sur un rocher, épaule contre épaule, nous avions envie de sa fermeté. Malgré la chaleur d'étuve, le lac reluisait comme au premier jour du monde. L'ombrage généreux d'un chêne touchait nos têtes, ses feuilles papillonnaient sur nos yeux à chaque mouvement d'air. Toute parole nous semblait défaillante, ainsi que le sont les voix dans un véhicule ouvert se déplaçant à grande vitesse. Je cherchais les perspectives de l'étendue de terre, de la surface du lac, du volume du ciel, et j'en étais stupéfaite, bienheureuse, bouillonnante, apeurée.

J'examinai mes genoux, mes souliers. Les craquelures du cuir, les triangles des rotules. Je trouvai un reste de friandise au fond de ma poche. Il fondit sur ma langue. Je dus m'appliquer à percevoir le goût d'orange et de chocolat. Raoul en croqua un morceau, mais préféra griller une cigarette. Nous respirâmes sa fumée. Les canards nasillèrent. Nous entrions progressivement dans nos sens, dans la densité de nos corps. La tranquillité de ces spacieuses minutes nous atteignit enfin. L'horizon déroula des lignes clairement marquées. Un impérieux besoin de parler nous saisit.

— Quand as-tu eu ce rêve? demanda Raoul.

— La nuit du motel. Et toi?

— Cette nuit, dans la forêt.

Il avait rêvé une nuit après moi, rêve prémonitoire qui s'était réfléchi de moi à lui – ou de lui à moi, le temps n'était plus une flèche à sens unique. Rêve dans lequel une bulle de temps avait voyagé, circulant dans notre sommeil comme de l'air dans l'eau. Rêve en contrecoup aux visions de Raoul, plus réelles que sa propre vie, dans lesquelles il s'était perdu à la fin d'avril?

— Plus que des visions, précisa-t-il. La vie d'un homme, contiguë à la mienne, presque identique. Agostini existe bel et bien, nous en avons eu la preuve. Je pourrais être lui. Les liens entre nos parents sont semblables. Notre art se ressemble. Même nos prénoms sont les mêmes, même nos rapports amoureux. Sarah a quitté Agostini, moi, Caroline me manque.

Caroline? Prénom mélodieux qui me froissa le cœur. Caroline ignorait tout de Raoul, c'était moi qui gambadais à ses côtés sur les lisières du temps, qui recevais de sa bouche des évidences que personne d'autre n'accepterait.

— Nous nous sommes joints, en quelque sorte, poursuivit-il. Agostini est mon double psychique.

Deux hommes qui possèdent de la vie le même panorama affectif, puis l'abordent de la même manière, avec les mêmes dons et les mêmes carences, deux notes équivalentes qui se touchent – le temps était-il poète, à créer ces individus en écho, à se répéter ainsi jusqu'à s'abolir lui-même? Étions-nous des notes sur une portée invisible, qui vivaient à être jouées, parfois avec ces fantastiques résonances?

— J'ai capté son être, je crois, dit Raoul, les lèvres dans la fumée bleue.

Je raisonnai.

— Un phénomène de voyance, mais à la puissance dix mille. Ton identité en a été brisée.

— J'étais déjà un homme brisé.

Il me raconta sa visite chez ses parents cette fin de semaine d'avril. Son père se remettait mal d'un accident vasculaire cérébral, il réapprenait à parler et à marcher, il était hargneux, vulnérable, douloureusement diminué aux yeux de son fils qui ne l'avait connu que solide et actif. Sa mère quittait la maison sous divers prétextes pour ne pas avoir à s'occuper de son mari. Raoul avait eu le sentiment d'être devenu étranger à ce couple et pourtant il savait qu'il agissait en lui, qu'il transportait cette atmosphère tendue de conflits et de ressentiments. Et puis il y avait cette mauvaise période, la froideur de Caroline, les dettes pressantes, la pénurie de travail, les tableaux qui ne se vendaient pas, le désintéressement des critiques, une marginalisation de plus en plus difficile à assumer, l'insomnie, l'épuisement, la corrosion du doute quant à sa valeur en tant que peintre et en tant qu'homme. L'effondrement avait eu lieu sur le chemin du retour, le dimanche soir.

— J'ai eu de la chance, constata Raoul en terminant son récit. J'aurais aussi bien pu faire une dépression sévère ou un geste désespéré.

Je vis l'allégorie: Agostini s'engouffrant en Raoul par son cœur craquelé afin de le délivrer de lui-même. En vivant hors du temps, Raoul avait échappé à sa vie. Son voyage dans le temps avait symbolisé son exclusion. Quoique périlleux, même affolant et déchirant, il lui avait évité un exil encore plus dangereux. Il avait converti son écroulement en aventure. Il en revenait vivifié. Raoul avait été merveilleusement créatif.

— Le père d'Agostini venait peut-être de mourir, suggéra Raoul, alors que le mien n'avait que frôlé la mort. Peut-être a-t-il désiré plus que tout au monde aller à la pêche avec lui. C'est ce désir qui m'a atteint?

Une brise agita les feuillages. J'en eus la chair de poule. L'âme d'Agostini qui dans le sommeil cherchait avec entêtement l'amour de son père disparu, tenant à voguer encore une fois avec lui sur le lac mythique de son enfance. L'âme qui se mouvait bien au-delà du temps?

— Je crois qu'Agostini a réussi son rêve, conclut Raoul. Nous étions heureux dans le canot, Patrice et moi. Nous avions compris que quelque chose d'indéfinissable nous unissait.

Il se massa le front.

— Avec Véronique par contre, le cauchemar s'est répété.

— Elle va jeter ton tableau à la poubelle.

— Je suis désolé de lui avoir fait de la peine.

— Agostini ne s'appelle maintenant peut-être plus Raoul. À cause de toi, Véronique ne voudra pas de ce prénom.

Il haussa les épaules.

— Ou au contraire, elle aura des regrets. Qui sait?

— Et la brume, les éclairs?

— J'ai mis ma détresse en images ainsi. Avec cette violence, cette opacité...

— Tu es un grand peintre, souris-je. Et le pont?

— Le pont, comme ce qui nous conduit ailleurs, ou à quelqu'un d'autre. Mais il y a sûrement eu des intempéries ce soir-là.

— Peut-être as-tu croisé une brèche dans l'espace-temps... Ou était-ce une sorte de nuage d'énergie qui a favorisé la communication?

Plus rien ne me paraissait impossible.

— Je ne sais pas, réfléchit Raoul.

Il écrasa un moustique sur son bras, puis ajouta:

— Qu'allons-nous faire de tout cela?

Nous ne demandions qu'à nous pacifier et à être en cohérence avec le monde. Une grande fatigue nous envahit. Je fermai les yeux. Je sentis à sa respiration que Raoul se délassait aussi. Nous restâmes ainsi un long moment, dans les bruissements du chêne et les cris des oiseaux, puis nous nous fîmes une place sur le sable pour suivre la descente du soleil sur le lac. Raoul m'apprit les couleurs du crépuscule. Ici une lanière carmin, là une nappe mauve, plus loin un copeau corail, et les irradiations grenat, et la barre tango éclipsée par la naissance des bleus. Les noms des coloris m'emplissaient la bouche comme des mets savoureux. Nous comptâmes quatre bleus. Ils se superposaient jusqu'au plus profond, qui commençait déjà à se confondre avec la nuit. Le bleu lavande d'abord, assez clair, encore sous l'ascendant du jour. Puis le bleu outremer, plus étendu, haut dans le ciel. Puis le bleu pétrole, si froid et beau que j'aurais voulu m'y baigner.

— Et le dernier bleu? questionna Raoul.

— Bleu marine? Bleu noir?

— Bleu nuit, évidemment, rectifia Raoul, taquin.

Il écrasa sa dernière cigarette. Le chant des insectes s'amorça comme le bruit même de l'obscurité. Il se propagea rapidement, de touffe d'herbe en touffe d'herbe, d'un trou de sable à l'autre. Conduit par les étoiles, un sifflement par appel de lumière. Une vaste harmonie s'établissait. Nous y étions chez nous. Nous étions prêts à prendre la route du retour.

Raoul marcha devant moi et j'appuyai à bout de bras mes mains sur ses épaules. «Espèce d'homme prodigue, dis-je, espèce de rareté, de Martien, de bestiole, d'artiste.» Il me répliqua: «Petit catalyseur, gros cœur curieux, où sommes-nous, quelle heure est-il?» Il me fit rire. Nous n'eûmes pas un regard pour les lueurs de la maison Agostini. Les ombres recouvraient les blessures de ma voiture. Tout ce qui était à vif ne se trouvait-il pas derrière nous? Je pris le volant, j'allumai le moteur. «Ce n'est pas un moteur à deux temps, j'espère», fit Raoul en bouclant sa ceinture. «Seulement par mauvais temps», répondis-je en embrayant par erreur sur la marche arrière.

La nuit coula dans l'habitacle, lisse comme le lac. Nous naviguâmes sans heurt entre les forêts englouties, sous le ciel clos, sur la portion d'asphalte ouverte par les phares. J'étais exténuée. Raoul me tenait compagnie dans le noir. Les montagnes semblaient faire la ronde, s'écartant, réapparaissant loin à l'arrière, diminuées, mailles d'une longue chaîne qui s'effaçait derrière nous. Nous achetâmes des sandwichs et du thé glacé à une station d'essence, puis nous nous remîmes en route. La voie rapide annonçait la ville. Nous partageâmes la nourriture avec gravité.

Je conduisis plus vite. Raoul s'agitait, il devenait impatient de réintégrer sa vie. Sa voiture avait dû être retrouvée à l'abandon et lui-même porté disparu depuis des semaines. Il avait des gens à rassurer. L'angoisse de ses proches nous fut soudain très réelle. Je demandai:

— Que diras-tu?

— Que j'étais en crise, que j'ai déliré, ou été amnésique, dit Raoul sans hésiter. Mon frère prend du lithium, ma mère, du Prozac. Je ne détonne pas tellement.

Puis il ajouta, simplement: «Ramène-moi chez moi.»

Nous traversâmes un parc industriel, puis des banlieues endormies. Nous entrions en ville. Devant l'échangeur, le front de gratte-ciel, ses milliers de lumières, ses arêtes et ses droites, ses plans équilibrés, ses glacis roses, ses métaux brillants. Il était colossal, il m'enchanta. J'eus l'impression de revenir aux lois de la raison, à l'habitude, à une sécurité grandiose.

Raoul lui accorda à peine un regard, il surveillait les panneaux indicateurs. Il se souvenait très bien de son adresse et me dirigea vers la troisième sortie. Le quadrillage des bâtiments et des avenues nous enserra. J'aimais les habitations sombres, car il y en avait une pour chacun de nous.

Je stoppai la voiture au coin d'une rue, devant la vitrine d'un cordonnier, dans un faubourg ouvrier. Raoul logeait en face, dans une maison de trois étages, identique aux autres avec ses fenêtres superposées et ses escaliers extérieurs. Elle m'apparut comme un château déguisé. Raoul se chargea de son sac, sortit sans refermer la portière et leva la tête vers le bâtiment. Ses mouvements étaient fébriles, son regard, réjoui. Il me dit qu'il avait perdu ses clés avec sa veste volée, puis grimpa sur le premier balcon, y prit appui, se pendit au second, s'y hissa. Il franchit la balustrade avec une souplesse de chat, força une fenêtre en se servant d'un de ses outils et disparut à l'intérieur. Une lumière s'alluma. J'aperçus brièvement une ombre qui se déplaçait sur un mur clair. Raoul m'ouvrit peu après.

La porte donnait sur un corridor blanc. De grands tableaux s'empilaient le long du mur. Il régnait une odeur de renfermé, de poussière, de solvant. À droite, la pièce par laquelle Raoul s'était introduit. Je pouvais voir l'extrémité d'un établi encombré de croquis et de pinceaux, des pantalons tachés rangés sur une chaise. À gauche, un petit salon sans fenêtre, deux divans disparates, usés, une télévision d'un modèle ancien, des étagères remplies de livres, une collection de disques compacts. La porte de la chambre à coucher était ouverte. L'armoire et le lit étaient des pièces artisanales, sans doute construites de ses mains, et le couvre-lit n'avait pas un faux pli. Un téléphone en plastique transparent était posé sur une commode antique, au-dessus d'une pile de magazines d'art. Au bout du couloir, la cuisine peinte en orange, rouge et bleu. Un poêle à gaz, un réfrigérateur géant et une curieuse petite table incurvée dont le dessus ressemblait à du marbre la meublaient. L'atmosphère y était particulièrement chaleureuse.

Je reconnaissais Raoul dans l'espace qu'il avait investi, je m'y sentais bien. Il y avait cette volonté de créer, d'embellir la vie, de pousser en avant ses contenus physiques et intellectuels. Dans chacune des pièces, au mur, un immense tableau. Je passais devant eux, entendant les déflagrations des couleurs, mais je ne m'arrêtais pas, j'étais déjà saturée d'impressions.

Raoul pourchassait de son côté les éléments de son existence, nous nous croisions d'une pièce à l'autre, il était comblé. Il me disait: «Je sais où je vais dormir cette nuit, je suis riche, j'ai une baignoire, j'ai même des souliers de rechange.» Il tenait une cafetière, un vêtement propre, il me les montrait. Les objets les plus banals nous couvraient de gloire. Puis il fallut que je parte. Raoul avait à s'annoncer vivant.

Je me dirigeai vers la porte d'entrée. Il vint à moi avec un grand élan de tendresse, une pesée de chaleur et de reconnaissance qui me scia les jambes. Mais il ne me toucha pas, il dit:

— Merci de tout cœur.

— Merci pour le voyage.

Je lui donnai l'accolade, j'embrassai l'air à côté de sa joue et filai me cacher dans la nuit. Je ne savais que mettre sur mon visage, ma déception, mon bonheur, mon excitation ou mon éreintement. Je jetai un dernier coup d'œil sur la fenêtre de Raoul, si nette de silence et de lumière.

Je parcourus la ville d'est en ouest pour retourner chez moi. Je ne distinguai pas tout de suite mon immeuble des constructions voisines, son toit plat, ses balcons blancs, j'avais des yeux neufs et troublés. Mon appartement me charma, mais comme un hôtel qui me serait étrangement familier. La veste accrochée à la patère, les papiers épars, le fauteuil à oreilles étaient-ils bien à moi? Je m'assis sur le radiateur de la cuisine. Je considérai le trou dans la table, de la taille de la noix que j'avais voulu ouvrir à coups de marteau, les stores de bois achetés en solde en janvier, la théière de porcelaine offerte par Rose à mon anniversaire. Je renouais avec la quotidienneté de mon existence, j'appréciais son unicité. Puis je m'enfouis dans mon lit en tirant le drap jusqu'à mon nez. Je m'endormis presque aussitôt. Je ne rêvai que de voitures et de routes. Mon périple n'était-il donc pas terminé?

Je cessai dès le lendemain matin de bouder le matelas Bonheur et je l'ajoutai à mon lit, couche surélevée de princesse chaste sur laquelle je m'étendis. J'y sentis le petit pois, dur, logé sous mes côtes. La pensée de Raoul ne me quittait pas. Comment effectuait-il son retour? Parlerait-il à Caroline? Que ferait-il d'abord: prendre les objets amassés dans son atelier-cagibi d'itinérant, recouvrer sa voiture? Il avait tant à ramener à lui, les gens de sa vie, ce qui s'était déroulé en son absence. Des jugements lui reviendraient, et des appuis. Puis il réorganiserait ses ressources, relancerait son existence dans sa fraîcheur. Je l'attendais patiemment, juchée sur mon matelas, indifférente à la surdité de mes clients et à la vague de chaleur. Je berçais mon cœur, je regardais la télévision, j'ouvrais des livres.

Une drôle de fillette, d'environ dix ans, dans une émission sur les familles reconstituées, qui affirme, de sa petite bouche aux lèvres roses: «*Plus on évolue, plus l'idée du temps disparaît.*» Un physicien chauve, commentant la mort d'un voyant célèbre, décédé d'un arrêt cardiaque dans les bras d'un prostitué sur la Côte d'Azur: «*De son point de vue, tous les événements existaient déjà, ils ne se produisaient pas. Le temps était comme l'éternité. Un vêtement sans coutures.*» Dans un ouvrage d'histoire, abondamment illustré, l'adieu funèbre de l'épouse du jeune pharaon Toutankhamon: «*Oublie que le temps est le temps, après le temps nous nous reverrons.*» J'eus devant mon bol de bleuets à la crème une curieuse intuition: mourir, c'était être rassasié de temps. Une fois la dose absorbée, je n'en aurais plus besoin. Étais-je alors en collusion avec l'éternité? Où se situait-elle, comment la joindre? Armand m'avait bien dit qu'il fallait prier. Pour la première fois, je visitai l'église de mon quartier.

Elle était vide, à l'exception d'une dame âgée et d'un jeune Vietnamien, agenouillés à l'avant chacun de leur côté de l'allée. Je regrettais que la voûte fût si basse, j'aurais voulu un vertigineux plafond de cathédrale, crevant le ciel pour les essaims de pensées catapultées à la verticale. J'allumai dans une absidiole le lampion le plus cher, et dans le lourd parfum de cire brûlée, je murmurai: «Dieu, entendez-moi, je vous en prie, donnez-moi Raoul, je le veux tellement, rendez-le-moi, exaucez-moi.» Je fixai le Christ en croix, le cœur battant. J'eus peur de la douleur gravée dans ses yeux de plâtre. Je parcourus le plafond d'un regard circulaire, me demandant jusqu'où ma voix était allée, si elle était retenue par une travée, si elle s'était égarée à jamais dans un des tuyaux de l'orgue. Le jeune Vietnamien, derrière moi, suivait mon regard, intrigué. Son visage attentif me fut sympathique.

— Où croyez-vous que nos prières atterrissent? lui demandai-je en chuchotant.

Il pointa vers moi son index:

— Faites attention à ce que vous demandez. Cela pourrait tomber dans l'oreille du diable.

Sa voix affable mais passionnée m'amusa. Je secouai la tête.

— Non, impossible. Pas d'ici. Pas de cette rampe de lancement.

— Savez-vous seulement qui parle en vous? Êtes-vous sûre que ce n'est pas un de vos démons?

Je restai bouche bée et tournai la tête vers la murale où saint Joseph refoulait d'un geste de commandement – le même index dressé – un groupe de diablotins. Ils se repliaient dans les coins inférieurs de la composition, ni hommes ni bêtes, dans un stade intermédiaire, affluant dans la pierre avec une imprécision délibérée, comme s'ils devaient accueillir ce qui se trouvait en nous de plus inachevé, de plus distordu. Il y avait un petit mesquin, avec des oreilles en chou-fleur, une bouche en huit renversé, des yeux globuleux; un gros ventru, gélatineux, satisfait de lui, sans nez, tirant la langue avec une avidité luxurieuse; un grand décharné, en colère, avec des poils hirsutes et des mains à quatre doigts, brandies comme des fourchettes. Mes démons, ceux de Raoul, ceux de Rose et de son amant. Nous voulions tous les terrasser en aimant. Mais si j'avais combattu pour les forces du mal, ce serait l'amour que j'aurais attaqué en premier. Je me serais infiltrée dans ce bastion divin, je me serais déguisée, j'aurais semé la confusion, la terreur, la méfiance, le doute.

— Alors comment savoir d'où nous viennent nos désirs? demandai-je encore au jeune homme, qui semblait si bien informé.

— Jugez d'après les fruits. Trouvez-vous la paix? Dieu parle. Êtes-vous dans le tourment? Un démon vous subjugue.

— Dieu est le plus fort, non?

— Le croyez-vous?

— Un peu.

Il agita ses mains à la hauteur des épaules, une seule fois, mais je vis le vent qui emporte la semence, le navire renversé sur sa quille, les broussailles mortes roulant dans le désert.

— N'oubliez pas, me rappela-t-il doucement, que lorsque vous êtes concentrée sur quelque chose, c'est cette chose qui prend de l'ampleur, quelle qu'elle soit. Surveillez vos pensées, elles sont notre seule liberté. Purifiez-les.

Je m'étais approchée. La vieille dame nous épiait, les sourcils froncés.

— C'est-à-dire? interrogeai-je, très curieuse du processus de nettoyage des pensées.

— Ayez de la gratitude pour la souffrance qui vous oblige à écarter ce qui ne mène à rien. La souffrance ouvre.

Je répliquai, en appuyant sur chaque mot:

— Allez vous faire cuire un œuf.

— Vous êtes ignorante. Revenez me voir.

Sa physionomie sérieuse mais jubilante – semblable à celle de quelqu'un qui fait des mathématiques et en tire du plaisir – resta inchangée. Il se signa et se redressa. Puis je remarquai, épinglée au col du veston marine, la petite croix d'or. Le jeune prêtre ne m'accorda plus un regard, s'effaça du côté de l'absidiole par une porte dérobée puis réapparut presque aussitôt, portant une écharpe liturgique. Il entra dans le confessionnal, imité par la vieille dame, qui dirigea encore vers moi ses yeux jaloux. Je quittai l'église, ma prière suspendue sur mes lèvres en équilibre précaire.

Rose se moquait gentiment de ma prétention de vouloir tout résoudre. Je lui parlais souvent, elle avait encore une fois accepté sans peine mon histoire. Elle passait des jours houleux avec son homme, faits de disputes suivies de réconciliations. Elle se disait aussi dépassée que moi par les événements. Pour elle, les mystères étaient innombrables, et particulièrement insondables dans les relations humaines. Je ne l'avais connue que dans le bonheur ou le malheur d'une liaison amoureuse. Elle les appelait ses moments de beauté extrême et d'abîme. J'éprouvais parfois une certaine gêne, je ne savais comment l'atteindre. Elle était captivée par ses rêves amoureux, il me semblait alors qu'ils constituaient sa seule réalité, qu'ils étaient un réservoir choisi de sensations fortes.

Le 1er août, six jours après que Raoul fut revenu au présent, je retournai à Sainte-Cécile-sur-le-Lac.

J'y trouvai, sans surprise, la confirmation attendue. La petite église avait bel et bien été détruite par le feu, il ne restait d'elle que des amas de bois calciné.

Quelques poutres étaient encore debout, en partie dévorées. Je franchis le ruban de sécurité bouclant les ruines. Je m'y promenai recueillie et songeuse comme dans un lieu sacré, traînant mes souliers dans les cendres. Combien de fois une autre dimension faisait-elle irruption dans la nôtre, combien de signes se manifestaient-ils autour de nous à notre insu? Notre regard était si mal exercé. Un bâtiment entier brûlait, la démonstration était spectaculaire, pourtant elle n'avait eu de signification que pour Raoul et moi. Je m'arrêtai, debout sur les restes d'un madrier, à peu près là où avait été accrochée l'*Ève* de Dumoulin. L'air puait les cendres froides. Seulement deux bancs restaient identifiables dans les décombres. Les poutres profilaient contre le ciel un damier sinistre à travers lequel passait un soleil éclatant. Je cherchai au milieu des débris, dans les carreaux des ombres, les vestiges du bénitier poli par les mains aimantes, qui m'avait tant ému. Je perçus derrière moi un bref rire d'enfant. Il était mauvais. Je me retournai.

Un garçon et une fillette d'environ sept ans m'observaient à distance, debout dans l'aire de stationnement. Avaient-ils été témoins de notre cambriolage, me reconnaissaient-ils? C'était peu probable. J'avais même, par précaution et mauvaise conscience, garé ma voiture en dehors du village. Mais on m'avait aussi aperçue du seuil du moulin. Une employée municipale, vêtue d'un maillot vert, m'ordonnait en gesticulant de quitter les lieux. Les enfants braquaient leur regard fixe, presque indécent, sur moi puis sur un point dévié, comme s'ils voulaient m'indiquer quelque chose. Je parcourus les ruines des yeux.

Ce que je découvris me glaça d'horreur. Un chat était pendu par le cou à une solive qui ressemblait, avec la pièce d'angle, également sculptée par le feu, à un effrayant gibet. La tête de l'animal s'affaissait sur sa fourrure rousse, curieusement plate et étirée, sans vie. Ses pattes raides se terminaient joliment par des bottes de poil blanc. Il avait la queue coupée, un œil crevé. Des mouches s'agglutinaient sur son museau. J'ouvris la bouche pour interpeller les enfants mais ils avaient disparu. Je n'eus pas le courage de m'approcher du cadavre. L'employée arriva, rouge de contrariété, essoufflée par sa course. Je lui montrai la bête torturée. Sa hargne fondit, elle partagea aussitôt ma stupéfaction atterrée. Je m'éloignai. Mon pèlerinage était gâché. Je me retournai sur la route, fis mes adieux à la vieille église. Je regrettais son innocence, sa blancheur de petite brebis fidèle sortie du passé.

La nuit suivante, j'eus un rêve rassurant, qui me gonfla d'espoir. Raoul pétrissait du pain dans ma cuisine puis l'égayait en disposant sur ma table deux couverts colorés. Il ne m'oubliait pas.

Le 4 août, le téléphone sonna. C'était lui.

— Raoul?

La clarté de ma voix me surprit, elle appartenait à une petite fille heureuse à qui l'on vient de promettre le père Noël.

— Tu vas bien?

— Oui, dit-il, je vais bien. Et toi?

Sa voix était détendue, grumeleuse de tendresse.

— Qu'est-ce que tu fais?

Il me dit qu'il faisait peur et qu'il faisait pleurer, qu'il expliquait à ses proches qu'il les aimait même s'il était allé trop loin pour se souvenir d'eux, que sa mère était venue s'asseoir toute une journée dans sa cuisine sans vouloir repartir, lui reprochant les soucis qu'il leur avait causés, demandant à l'entendre parler même s'il se trouvait dans une autre pièce; il dit que son père se portait mieux, qu'il affirmait avoir été convaincu que son fils était simplement parti dans les bois avec une Iroquoise, mais il avait aussi admis en sanglotant qu'il avait failli en perdre la tête, il avait acheté du champagne, ils s'étaient presque saoulés ensemble, la viande sur le barbecue avait durci, Raoul l'avait consolé, ce n'est pas grave, c'est terminé.

Il précisa qu'il n'avait parlé d'Agostini à personne, il ne voulait pas être un homme d'exception, il souhaitait une vie sans histoire. Il avait eu une longue maladie dont il se croyait entièrement guéri. «Ma voiture était rangée dans une aire de pique-nique près d'une rivière. Après dix jours, un camionneur l'a jugée suspecte et a alerté la police, on a systématiquement fouillé fossés et forêts aux alentours, envoyé des plongeurs dans l'eau. L'officier chargé de l'enquête m'a examiné d'un drôle d'air, puis il m'a fait rencontrer un psychiatre. J'ai refusé ses médicaments.» Raoul venait par contre de commencer une thérapie avec une psychothérapeute qui portait des robes rose bonbon et sentait le cigare, celui de Freud, commentait-elle, Freud avait été l'ennemi des femmes, elle se vengeait et fumait symboliquement son pénis. Raoul me relata encore les retrouvailles avec ses frères et ses amis, certains méfiants, plutôt distants, les autres, beaucoup moins nombreux, l'embrassant et le considérant comme un miraculé, le jugeant un peu fou, oui, bien sûr, mais pourquoi pas, la folie était une des choses les mieux partagées au monde.

Raoul me demanda à quoi j'avais occupé les derniers dix jours. Je lui parlai de l'église brûlée, du jeune prêtre survolté, du voyant sans coutures de la Côte d'Azur, de mon regard plus lourd sur les choses, comme si j'avais voulu entrer à l'intérieur d'elles. Je lui dis que tout avait gagné en présence et que souvent, je me couchais le soir épuisée sans pouvoir dormir, alors que mon ventilateur tournait comme l'hélice d'un avion qui survolait à basse altitude villes, mers et collines dans l'impossibilité d'atterrir. Je lui dis qu'il m'avait manqué, qu'il était vraiment un artiste puisqu'il abolissait parfois toute limite entre soi et autrui, que Rose était peut-être une pasionaria qui poignardait volontairement son cœur pour en tirer une incroyable compassion, je lui dis que je n'aimais plus l'été et qu'il faisait quand même bon sur mon balcon, quand le soleil de l'après-midi montait vers l'ouest et que les toits donnaient de l'ombre.

Il m'invita à manger le lendemain. Ma joie fut si violente que ma gorge se noua. Ce fut le seul moment de silence dans notre conversation de quatre heures.

— Une étreinte de l'esprit, racontai-je le même jour à Rose. Les pensées caracolent ensemble, se palpent, s'enchevêtrent, comme des corps. L'intelligence d'un être est jouissive.

Cette nuit-là, mon avion s'approcha encore du sol et j'aperçus des palmiers fouettés par le vent du large, d'énormes coquillages, des poissons volants translucides et un homme au torse nu, aussi odorant que le vent, aussi doré que les coquillages, réverbérant autant la lumière que les poissons. Je me levai mouillée entre les jambes.

Je me fis encore une fois belle pour Raoul, mon sang circulait à un rythme puissant, chargé d'exigences, je chantais avec la cantatrice de l'autoradio:

Réponds à ma tendresse, verse-moi l'ivresse
La flèche est moins rapide à porter le trépas, que ne l'est ton amante à voler dans tes bras

Le tourbillon du trafic, la morsure du soleil, les flux d'air lourd, presque aqueux, la cacophonie des moteurs et des sirènes s'accordèrent à moi et je sonnai chez lui la peau vibrante et la voix enrouée d'avoir trop chanté. Je montai à grands pas. Il m'accueillit en haut de l'escalier, vêtu d'un tricot de coton rayé marine et blanc. Il avait les yeux pleins de douceur et d'humour. Il avait rasé sa barbiche. Son visage nu m'étonna, le menton en était allongé, les lignes rudes de la mâchoire et du nez soulignées. Je l'adoptai volontiers. Raoul était le même qu'avant. Pas tout à fait: ses traits étaient bruts et il était plus sûr de ses gestes, plus dégagé, plus coulant. Je le pris contre moi. Je plissai les yeux, saisie de bien-être sur son odeur. Il ne réagit pas à mon accolade. La mollesse de ses bras m'humilia. Je détournai la tête. D'appétissants effluves provenaient de la cuisine, des chants africains du salon. Je donnai à Raoul ma boîte de pâtisseries et je me faufilai entre les murs comme entre les pages d'un conte, caverne d'Ali Baba avec ses sonorités étrangères et ses toiles comme des fenêtres sur un monde invisible. Je les observais du coin de l'œil.

Je fus servie dans une assiette hexagonale. Raoul y disposa selon leur coloris un assortiment de pâtes nappées de sauce et de légumes. Il allait de la table à la cuisinière, il avait préparé le repas et disposé le couvert avec soin. J'étais droite sur ma chaise, mes mamelons pointaient sous ma blouse, mon rouge à lèvres m'épaississait la bouche. Je regardais mon hôte me verser une eau minérale, j'étirais mes jambes nues. Je me grisais des volutes des déplacements de Raoul, de la musique et des arômes. Les pâtes furent délicieuses, me remplir ainsi le ventre me procura une félicité toute simple, animale. Mais mon envie de Raoul me tourmentait de ses longs rayons faméliques. Nous prîmes une tisane à la menthe avec les pâtisseries, puis il s'éclipsa pour revenir avec son *Ève*, mise en valeur par le cadre de bois pervenche qu'il avait monté.

— Je l'offrirai à Agostini dans trente ans, dit-il, nous avons un autre rendez-vous.

Nous imaginâmes Agostini écarquillant les yeux sur cet inconnu qui lisait dans ses songes et tenait dans ses bras sa merveilleuse rescapée.

— Tu lui diras la vérité?

— Elle lui fera peut-être plaisir. Il vit plutôt mal, il est abattu, complètement désillusionné.

La musique cessa. J'étais debout, penchée sur le tableau à sa droite. Le bâillement de son col sur sa poitrine nue, la peau à la naissance de son cou me magnétisaient. Du sable chaud, du pur bonheur. Je me rapprochai encore. Raoul se crispa. Ce fut à peine un frémissement, mais il était sans équivoque. Son corps me refusait tout contact.

Je m'assis à table, désemparée, je bus une tisane amère. Raoul ne s'en aperçut pas et me montra des photos de famille, clichés qui dataient de son enfance ou y étaient antérieurs. La distraction fut la bienvenue.

Les femmes et les hommes dont il était issu étaient rivés dans leurs cases de papier, debout sans sourire, grands-parents, père, mère, oncles, tantes captés dans la fraction de seconde d'ouverture de l'obturateur, séjournant dans les costumes et les décors d'un temps accompli. Des maisons de bois. Des entrées de garage, de vieilles voitures, des coiffures bouffantes, des jupes fourreaux, des chemises blanches, des souliers cirés, de courtes femmes dodues, de grands hommes robustes, de la gêne devant la caméra, de la fierté, de la méfiance. Je demandai à Raoul s'il était le bambin sur le tricycle. «Non, mes parents ne m'ont jamais pris en photo, c'est mon frère aîné.» Je songeai au petit Étienne, je comparai les figures. J'aurais pu m'élancer dans ces photographies comme j'étais entrée dans le jardin des Agostini. Mais cela n'avait plus d'utilité. Je les déposai devant moi. Cette fois Raoul me comprit. Il eut une expression blafarde que je reconnaissais, je l'avais vue à une autre table.

— J'ai rencontré quelqu'un, dit-il.

Son aveu me meurtrit, j'étouffai un gémissement. Caroline ne constituait donc pas le véritable obstacle entre lui et moi? Je ne comprenais plus rien. Chacune de nos connivences était en soi un petit prodige et ne pesait rien. Qu'est-ce qui importait alors?

Sa voix fléchit, il était conscient de la souffrance qu'il m'infligeait. «Je suis un salaud, murmura-t-il, je suis inconstant.» Mais son souffle s'enfla à nouveau. Il connaissait Marie-Louise depuis quelques années. Elle avait fréquenté un de ses amis. Il l'avait revue lors d'une fête donnée pour lui, presque immédiatement après son retour. Il me parla d'elle: sa beauté naturelle, sa fragilité, sa jeunesse, sa tresse blonde, ses fuites, ses ambiguïtés. Elle travaillait dans une galerie d'art. Elle s'intéressait à lui et le repoussait en même temps. Elle l'avait invité au vernissage d'un ancien professeur et s'était à peine souciée de lui durant la soirée. Elle consentait à ce qu'il passe la nuit dans son lit mais pas à ce qu'il la touche, ni même à ce qu'il se dévête. Il la voulait, ardemment, jusqu'à l'obsession. Avait-il à se prouver digne d'elle, se torturait Raoul, était-elle simplement difficile d'approche? Il vivait dans l'attente de ses appels, il en était tout retourné.

Raoul se tut. Son regard fiévreux était saturé par ses visions. Même ici, devant moi, elles suscitaient son désir. Marie-Louise prit des proportions démesurées dans mon esprit, une géante de l'île de Pâques, une divinité femelle dont le regard dédaigneux était dirigé sur la mer; Raoul, à ses pieds, l'implorait, et moi, seconde silhouette minuscule sur la grève, je le suppliais silencieusement à mon tour: «Écarte-toi d'elle, regarde-moi» – mais cela ne servait à rien, j'étais hors foyer. Piteusement, je demandai:

— Pourquoi tu n'es pas avec moi?

Raoul ralluma le feu sous la bouilloire, mais ces secondes de répit ne lui étaient pas nécessaires, la réponse allait de soi.

— Mon besoin d'amour est sans fond, je ne peux pas me permettre d'ouvrir pareil gouffre.

— Mon amour est... un gouffre?

— Je n'ai jamais connu l'amour que tu me portes. Je ne peux pas te le rendre. Je suis dépassé.

— Quand tu dis ça, tu nous enlèves toute liberté.

— Je ne suis pas celui que tu penses.

— Les images sont faites pour être cassées.

— Redescends sur terre, Roumi. Ne gâche pas ta vie à m'espérer. Vois comme je suis.

— Comment es-tu? Tu te refuses toute beauté.

— Je suis désolé. Je me suis trompé. Sexuellement, ta façon d'être ne m'a pas retenu.

Mes joues brûlaient. Je baissai les yeux. Raoul poursuivit, sans complaisance, la voix rocailleuse de mots durs.

— Le désir exclut pour moi notre transparence. On ne se dévoile pas ainsi dans l'amour. L'amour est un jeu. Je désire souvent des femmes qui me déçoivent intellectuellement, à qui je n'ai rien à dire.

— La proximité de l'esprit et du corps, c'est trop.

— Je ne suis peut-être pas prêt à accepter qu'une femme soit mon égale. Comme beaucoup d'hommes, je suis plus à l'aise dans une relation où c'est l'homme qui guide et qui protège.

— Je veux bien que tu me guides dans les musées.

— J'ai avec toi une sorte d'amour cérébral.

— J'ai peur des araignées.

— C'est un amour sans risques, la partie la plus solide de moi-même, celle qui échappe aux fluctuations du désir, celle qui résiste au temps.

— Alors nous ferons l'amour dans l'au-delà. Un vieil homme m'a dit que c'était possible. Nous échangerons nos électrons. C'est peut-être même plus agréable que des caresses.

Il versa de l'eau chaude dans ma tasse. Ce simple geste me procura une joie honteuse.

— Restons amis, proposai-je.

Mes yeux secs me piquaient, j'avais une mauvaise ivresse. Mais le plaisir de la compagnie de Raoul demeurait inviolé. Il croisa les jambes. L'horloge sur la cuisinière indiquait minuit cinq. Je ne parvenais pas à m'enfuir.

— Personne ne m'a jamais témoigné tant de passion, dit-il encore. Je gagne sur tous les plans. Je ne veux surtout pas te faire souffrir. Notre amitié est rare comme... – il porta son regard dans la profondeur de la pièce, au-delà de la lampe, à travers notre écran de lumière – comme une fleur sur l'asphalte. Ta pureté et ta chaleur me font du bien. Avec toi, je peux apprendre une image de moi-même plus constructive. Je ne demande qu'une toute petite place dans ton cœur, mais j'y tiens. D'accord?

Tard dans la nuit, mon avion vola très bas au-dessus d'un couvent juché sur un plateau aride. Au pied de la muraille, une femme maigre avait placardé des panneaux de bois sur son épiderme afin de dissimuler la laideur de son corps. Mon avion atteignit l'extrémité du plateau, manqua d'essence, s'écrasa dans un précipice. Le ventilateur s'était arrêté. Une panne d'électricité me tirait brusquement de ma rêverie. J'allumai une bougie en tâtonnant. Il était presque quatre heures et je n'avais pas encore dormi. Un vent frais faisait vibrer la vitre et claquer le store. Il souffla ma bougie. Je fermai la fenêtre, rallumai la bougie, la déposai sur ma table de nuit. J'en disposai une autre par terre, contre le mur. Les flammes s'étiraient dans un crasseux ruban de fumée noire.

Je me dissociai de la catastrophe aérienne et mon cœur s'ouvrit sur tous ses gonds. Qu'importe ce que Raoul me donnerait, je l'aimerais sans rien exiger en retour. J'en aurais la force. Ce sentiment me galvanisa, j'avais la poitrine comprimée mais je me dilatais, des rayons fusaient de mon cœur comme sur les images pieuses, je les dirigeais vers Raoul par-delà les toits, il brillait de l'autre côté de la ville, il était un foyer de lumière. Je m'élançais dans le ciel, je l'effleurais de mes bras pendant qu'il dormait, ils étaient de grandes ailes déployées. J'allais ainsi partout, comme un oiseau ivre. Mes débordements englobaient le reste de la création, la rumeur d'orage, les appels désolés d'un épervier, c'était paradoxalement doux et violent. Raoul m'était cher comme m'étaient chères la nuit venteuse, la vie de Rose, ma conscience d'être. Je lui étais reconnaissante de sa mise à nu, personne n'avait encore osé se montrer ainsi devant moi. Je me sentais si vivante. Il était mon frère, il était la vie même.

Mais le temps n'œuvrait pas pour nous.

Un robinet grinça. Cinq heures trente. Le jour venait aux abords de ma fenêtre, les bougies étaient consumées, la nuit tiédissait. Nous étions retournés au présent, nous avions cru nous y mouvoir sans contrainte. C'était faux. Raoul ne s'était pas échappé de son passé. Ni moi du mien.

J'enfonçai mon visage dans un coussin, les yeux grands ouverts.

Apparition, puis disparition. Ainsi allaient les hommes que j'aimais. En prenant Raoul dans ma vie, j'avais eu la fabuleuse impression de réaliser l'inévitable. J'enfonçai mes poings dans mes poches, je refusai de regarder les lignes à l'intérieur de mes mains. Je m'assis sur un banc dans un parc. Je vis un ciel rempli de nuages, de vieux arbres à moitié dépouillés, une pelouse sèche, des écureuils, des joueurs de soccer, des chiens, un lac artificiel reflétant le ciel crémeux, des canards. Je vis aussi Hélène, accroupie à quelques pas devant moi. Je songeai d'abord à partir, mais même son babillage me sembla préférable à mes obsessions. Elle jetait du pain aux canards, menait un dialogue avec eux. Ses coin-coin s'ajoutaient aux leurs avec une gaieté enfantine qui me fit plaisir. Je lui dis bonjour. Elle me rejoignit sur le banc.

Ses grosses lunettes de plastique étaient fendues au milieu, elle les avait recollées, mais mal: un côté montait plus haut que l'autre, elle avait des sourcils à deux étages. Une incisive lui manquait à la mâchoire inférieure. Ses pantalons étaient déchirés. Elle dégageait une odeur d'algue et d'urine. Elle m'examina avec insistance.

— Tu as une longue figure de cheval inquiet, décida-t-elle. Qu'est-ce qui t'arrive?

Sans attendre de réponse, elle fit des moulins de son bras droit et tenta de projeter les croûtes de pain jusqu'à l'eau. Elle rata sa cible, recommença, rata encore. Des goélands tombèrent bruyamment du ciel devant nous. Puis Hélène se tourna vers moi avec son air le plus menaçant, de celle qui sait ce que les autres ignorent. J'avais toujours été une bonne candidate pour l'exposition de ses théories abracadabrantes. Mais je devenais idiote: j'eus peur.

— Quoi encore, dis-je, résignée, méfiante. Tu as enterré ton roman. Il est mort à ta place et tu n'as plus à mourir.

Ma blague stupide lui plut. Elle ouvrit la bouche en riant, sa langue était chargée, jaunâtre. Je spéculai sur ce qu'elle avait pu manger. Du maïs? Des bonbons?

— J'ai découvert les résonances, dit-elle.

Ah! mais tu n'es pas la seule, pensai-je. Agostini, Raoul et moi, triumvirat d'auto-persécuteurs par nos pensées douloureuses, dérivant en chœur sur le lac blanc du rêve. De la sur-conscience? Hélène ajouta, les yeux fous – en louchant un peu, ou était-ce ses lunettes?

— Tout est résonance.

J'écoutai – malgré moi très attentivement.

— La mère de l'auteure de *Frankenstein*, Mary Shelley, est morte onze jours après la naissance de Mary. Le premier enfant de celle-ci, une fille, décède onze jours après sa naissance. La mère de la poétesse Marina Tsvetaïeva a été amoureuse d'un dénommé Serge, mais les familles se sont opposées au mariage. Elle a épousé un veuf et regretté amèrement son Serge. Le premier amour de Marina, qu'elle marie presque aussitôt, se prénomme également Serge. La mère et le frère aîné de ce Serge – le garçon avait alors quatorze ans et Serge, douze – se sont pendus à un jour d'intervalle. Marina se pendra également, lorsque son seul fils sera encore adolescent... Mystérieusement, une chose en appelle une autre, semblable...

J'eus devant moi les énormes yeux magnétisants de Raspoutine, sa chevelure et sa barbe, si longues et noires, son nez puissant, les cernes sur la lividité morbide de sa peau. Il avait été le Bonhomme sept heures de mon enfance, le mythe qui se fait jeu et, parfois aussi, terreur véritable. Ma grand-mère maternelle se signait lorsque son nom était prononcé, mon père l'admirait pour ses conquêtes féminines, son pouvoir de fascination, sa vigueur physique, son imprévisible générosité, son déroutant mélange de volonté de puissance et de soumission, son incroyable ascension sociale. Ma grand-mère avait souligné, un peu à la manière d'Hélène, les étranges analogies qui avaient poursuivi les Romanov, et elle affirmait que Raspoutine avait servi de révélateur: en quelque sorte l'incarnation en chair de lois ignorées. Michel, le premier représentant de la dynastie des Romanov, faisait-elle remarquer, reçut l'annonce qu'il venait d'être élu tsar au monastère Ipatiev. Trois cent quatre ans plus tard, Nicolas II, dernier tsar de Russie, dernier Romanov, était assassiné dans la maison Ipatiev à Iekaterinbourg. Un cycle s'était amorcé et rompu sur un même nom, illustrant que le temps n'était rien, suggérant un extraordinaire signataire. Le Seigneur a tout ordonné, disait le moine. La chair de poule trotta sur mes avant-bras. Le hasard érigé en loi était arbitraire au même titre que la coïncidence significative: le premier certifiait: il n'y a pas de correspondances; la seconde alléguait: il y a des correspondances. Quelle règle choisir? La reconnaissance des analogies embarrassait davantage, car nous avions à leur attribuer une signification – et là nous déclarions forfait. La subjectivité même des interprétations était telle qu'elle en devenait invalidante. Mais la subjectivité était peut-être une force universelle qu'il nous restait à découvrir, une espèce de loi de la gravitation qui s'appliquait aux individus plutôt qu'aux astres. Le hasard ne finissait-il pas par nous ressembler?

— Edgar Allan Poe assiste à deux ans à l'agonie de sa mère tuberculeuse, morte à 24 ans. Il vit au pied de son lit, abandonné à lui-même, reprit Hélène, implacable. Puis, sa mère adoptive est emportée prématurément par la tuberculose. Il épouse à 25 ans sa cousine de 13 ans, Virginia, qu'il adore, la fille de la sœur de son père, mais elle est déjà aussi pâle et frêle que la mère de Poe. Elle meurt à 25 ans, après une longue agonie causée par la tuberculose, alors qu'Edgar est auprès d'elle. Alors là, c'en est trop! Il trépassera lui-même deux ans plus tard, lors d'un accès de delirium tremens. Il a demandé que le Seigneur vienne en aide à sa pauvre âme.

— Pauvre Edgar, pauvre de nous!

Hélène parodia son poème «Le Corbeau»:

Dis Vilaine Bête Noire si Edgar reverra Virginia
Le Corbeau a dit: «Jamais Plus.»
Et sa maman? Et sa seconde maman?
Jamais Plus! Jamais Plus!

Je frissonnai.

— Tes histoires sont gaies, protestai-je. N'y a-t-il pas de résonances heureuses?

— Oui, mais avec celles-là je ne peux pas terroriser les gens.

— Merci bien, grognai-je.

— Et puis on les voit moins. Les drames ont le pas lourd, ils sont bien visibles. Ils nous éduquent.

Elle se régala de mon découragement. Les célébrités littéraires tragiques constituaient sa seule famille. On ne pouvait exiger d'elle une vision radieuse de l'existence. Pourtant, elle ne semblait pas malheureuse outre mesure. Puisqu'elle n'avait plus rien à perdre, les cortèges d'épreuves composaient des drames dont elle se délectait: elle y était chez elle, en répétait les réparties, se félicitait des exclamations du public.

Elle fouilla dans une des poches de son manteau. J'entendis un fort froissement de papiers. Elle en sortit une carte d'affaires, abîmée, sale. Elle me l'offrit.

— Lui, il sait, dit-elle sentencieusement.

Je lus: *Monsieur Paul, voyance passé, présent, futur, voyance pure, voyance sur photo*. Un numéro de téléphone. Avait-il une barbe noire et des yeux perçants?

— Tu l'as consulté? Que t'a-t-il dit?

— La vérité.

Les promeneurs passaient derrière elle dans un mouvement ininterrompu, ses yeux restèrent fixes, j'eus un drôle de vertige. Mais Hélène se tira rapidement de son songe. Elle me sourit.

— Je n'aurais jamais dû naître, dit-elle.

Je m'exclamai, stupéfaite:

— Il t'a dit ça?

— Non, il a dit: trop de difficultés à vaincre. Trop, ajouta-t-elle, trop.

Trop de bruit, de ciel, de gens, de pertes, d'heures, de routes, trop pour une seule vie?

— Cela ne fait rien, proclama bravement Hélène.

Je voulus saisir ses doigts, mais j'eus honte de ma pitié et de mes problèmes amoureux, dérisoires en comparaison. Nous gardâmes les yeux sur ses mains, elle vidait par terre les dernières miettes de son sac de plastique. Les goélands se jetèrent sur cette maigre pitance. Hélène plia le sac, puis, la poche boursouflée, me demanda de l'argent pour louer un pédalo. Elle partit vers le ponton, le pas traînant, interpellant les chiens à la ronde, marchant un moment dans la foulée de deux autres passants solitaires, un adolescent hagard, visiblement intoxiqué, et une femme dans la cinquantaine, les cheveux teints en blond, tenant un parapluie ouvert, vêtue d'une robe soleil aussi légère qu'un déshabillé.

Nous n'étions tous que des âmes perdues qui erraient. J'étais si désemparée, j'allai téléphoner à monsieur Paul. J'obtins un rendez-vous pour le surlendemain.

Je gravis l'escalier extérieur de sa résidence en m'arrêtant toutes les deux ou trois marches. Je me demandais si je n'étais pas devenue un des personnages du roman d'Hélène, envoyé ici selon sa fantaisie. Je connaissais mal la Côte d'Azur, la ligne bleu clair de l'effacement des heures, je n'avais encore jamais approché quelqu'un prétendant posséder le pouvoir de percer à volonté le monolithe du temps. Mais la question du destin me poursuivait sans cesse et un voyant était peut-être l'homme qu'il me fallait.

Des enfants jouaient dans la ruelle, un camion klaxonna. Sur la porte jaune canari, un écriteau en carton plastifié : *Entrez*. Je poussai et refermai derrière moi. Je fus aussitôt environnée de pénombre, coupée de tout bruit. Je humai l'air. L'antre de l'extralucide sentait le tabac, vaguement, et peut-être même la soupe. Je passai le vestibule. La salle d'attente était vide. Un jeune homme installé derrière un bureau me reçut en se référant à son agenda. Il rangea ensuite mes quatre-vingts dollars dans un tiroir et me conduisit à monsieur Paul.

Une pièce fermée convertie en salle de consultation. Deux bibliothèques vitrées, un tapis ovale en laine tressée, un cactus, un plancher de chêne qui craque, et au bout, sous la fenêtre aux stores clos, une chaise, un bureau massif, et un homme malingre, de près de soixante ans, vêtu d'une chemise de rayonne bariolée à manches courtes. Le meuble lui arrivait à mi-thorax. Ses avant-bras y reposaient à plat. Son visage âpre, sillonné de creux, ne me fut pas agréable. Je m'assis sur la chaise. Escamotant les politesses d'usage, monsieur Paul me réclama ma date de naissance et ferma les yeux.

— Le temps nous porte et nous n'y pouvons rien, il nous porte à pleins bras, il nous tient, et pourtant, parfois, nous nous oublions en lui. Que voyons-nous alors? Toi qui es au-delà, assiste-moi. Je te remercie.

Il récita la formule sans tonalité, gravement, incantation ou prière, mots sacrés l'introduisant à l'exercice de ses dons. Sa voix était sèche et gutturale. Il détachait chacune des syllabes comme un professeur de diction, il roulait ses «r». Était-ce une voix de théâtre, destinée à impressionner la clientèle? Cet étranger était-il un être bon? J'étais sur mes gardes. Mon futur appartenait à moi seule, je redoutais qu'il ne se l'approprie en l'énonçant, qu'il ne fasse advenir ce qui n'était encore que potentiel, qu'il ne le *fixe* d'une certaine façon.

Il enclencha le magnétophone.

— En vous voyant, j'ai eu un sentiment très fort: Paul, béni soit ton moi divin d'être à la fin d'un apprentissage et non au début. Moins de un pour cent d'entre nous souhaitent être leur propre cause, se veulent d'une réceptivité qui n'est pas le fruit d'une société ou de géniteurs. Nous avons trois ou quatre mouvements psychologiques dans un corps comme celui-ci, le vôtre est engagé depuis presque six mois. Vous êtes en démarche. Votre mental émotionnel ne me communique pas un sentiment de réconciliation et de retrouvailles, pas du tout.

Sans blague. Cet homme captait mes humeurs. Je croisai les bras, puis les décroisai, je n'avais pas à me protéger de lui. Lis en moi si tu en es capable, monsieur farfelu au visage scellé, explore, cherche comment mes mailles s'entrelacent à celles de la durée, je croirai ce qu'il me plaira, je me fixerai moi-même. Une mouche bourdonna contre la vitre. Cela m'embêtait que l'homme ait les yeux fermés, je n'osais pas le dévisager. Je regardais ses mains immobiles, les doigts en spatule, l'alliance, puis son oreille gauche, hérissée de poils blancs, la raie sage dans les cheveux, le mur nu derrière son épaule sur lequel trônait la photographie encadrée d'un garçon de douze ans. Contrairement à chez moi, la poussière ne s'accumulait pas sur les stores, mais une couche de peinture fraîche aurait été nécessaire.

— Je suis contre les demi-mesures, c'est chaud quand ça brûle, vous êtes comme ça, c'est merveilleux, il se glisse dans nos âmes un sentiment de non-opposition à ce que nous sommes. Il nous faut identifier notre héroïsme intérieur. Vous prenez des décisions importantes. Je ne dédaigne pas l'argent, l'argent est manifestation de l'esprit dans la matière, mais votre esprit n'y est pas, limitez les dépenses. Attention, vous avez bougé et j'ai eu mal aux genoux. Ce que votre corps ne pressent pas, je ne puis en parler. Si vous êtes attentive à son langage, vous vivrez un minimum de quatre-vingt-quatre ans.

Les thèmes se mêlaient, je le suivais avec peine. Je retins une visite coûteuse chez le dentiste, un contact affectif avec un pilote d'avion né sous le signe du bélier, une opération mineure pour une amie; il résuma mon plan de vie, qui aurait pu s'adresser à n'importe qui – trouver en soi ce qui a toujours été là, l'évolution majeure permise dans un corps comme le nôtre –, il me déconseilla de prêter ma voiture, me recommanda de visiter le gynécologue et m'annonça un succès professionnel. Il me parla de tout, sauf de Raoul. Comment l'ignorait-il alors que j'étais totalement imprégnée de lui?

Puis il ouvrit les yeux. Je reçus son regard inquisiteur en pleine figure, je sursautai presque.

— Ah! Là elle ne m'aimera pas! Monsieur Paul! Ah! Je voudrais la gifler. Il y a en elle des abominations.

Ce mot terrible me secoua. Je me sentis monstrueuse. Le voyant prit une goulée d'air plaintive. Il avait des yeux noisette, à la sclérotique jaunâtre, des cils très noirs. Il me regardait avec une moue désapprobatrice et ne disait plus rien. Je m'imaginais être coulée dans un gros verre. Mon psychisme avait la transparence et l'épaisseur déformante du verre. Monsieur Paul en contemplait les reflets.

— Pardon?

Il se remit à parler. Sa voix seule s'anima, pas son regard, à peine ses traits. On aurait dit qu'il récitait une vieille leçon, une parmi des milliers d'autres, on aurait dit qu'il avait déjà si souvent tout vu, les abcès, les fêlures, les contusions, les amputations, et que sa révolte se présentait seulement par sa bouche.

— Elle se veut indispensable, alors elle s'assure que c'est elle qui donne davantage. Celle qui sauve! Celle qui peut! Elle a six ans et elle est déjà déchaînement et revanche. Enfant au cœur faussé. Ah! Ah! Tordu, tortueux! La bonne petite. La vilaine. Elle flaire les blessures, elle les aime. Elle se sacrifie. Rôle grandiose. Piteux rôle! Empressée comme les anges et orgueilleuse comme les démons! Elle veut la supériorité sur l'autre. Elle ne supporte pas qu'il lui échappe. Femme de peu de cœur! Bien avant votre anniversaire, je souhaite que le bandeau de naïveté soit retiré de vos yeux!

Je me reconnus avec stupeur, fautive, coupable. L'or de mon amour se transforma en boue. Transmutation assassine, qui me laissa les bras vides, presque sans identité.

— Que faire?

— Ce n'est pas tout.

La mouche se cognait follement à la vitre.

— Il y a une entité près de vous. Elle poursuit les membres de votre famille de génération en génération. Elle empêche la mise en œuvre des véritables liens du cœur. Cela vient d'une union conçue dans la désapprobation générale, qui n'aura causé que du chagrin, il y a trois générations. Y compris à l'homme et à la femme qui l'ont voulue. Surtout à ceux-là. Quelle culpabilité! Quelle déception! Quels regrets! Vies gaspillées! Cet ectoplasme est l'héritage d'un grand malheur.

Son timbre de voix saugrenu provoqua un grondement dans mes oreilles. J'eusse cette fois souhaité me moquer de ses propos, mais ce bruit n'était que les émotions qui me montaient à la tête. Je m'entendis dire, peureusement:

— Alors?

— L'entité n'a pas d'âme. Elle est énergie psychique incarnée dans la réalité physique. Un sentiment incrusté là où notre raison l'ignore acquiert une autonomie qui lui est spécifique. Mais l'égrégore réagit aux émotions. Montrez-lui que son chagrin n'est pas le vôtre. Faites-lui sentir qu'il n'a plus d'objet. Autorisez-le à se pardonner à lui-même. Ayez du cœur! Soyez votre propre enfant libre! Arrivez dans la certitude qu'on reçoit plus qu'on ne peut donner. Avoir du cœur, c'est être réceptif. Je le répète aussi à mon fils, qui est de l'autre côté. Nous commettons les mêmes erreurs où que nous soyons.

Le gamin sur la photo. Le fils mort et bien vivant. Je m'attardai à son regard sérieux, à son fier sourire d'enfant qu'on admire. La question pour laquelle j'étais venue déborda alors de mes lèvres:

— Avons-nous un destin?

Monsieur Paul eut une exclamation à la fois sarcastique et indignée.

— Madame! Vous restez infantile et tyrannique! Je nous dis entièrement responsables de ce que nous vivons, y compris l'attitude des autres à notre égard. Mais nous ne sommes pas seuls dans ce «nous». Qu'est-ce qui s'y trouve? Le destin est contrainte de l'apprentissage. Les événements se répètent tant qu'une leçon n'a pas été comprise.

— Vous ne répondez ni oui ni non.

Il resta muet. Ce genre de commentaire ne méritait aucune réplique. Je voulus l'interroger au sujet de Raoul, mais j'eus alors la certitude que mon face à face avec mon peintre ne regardait que ma conscience. Que c'était là, sans influence extérieure, que je me devais de résoudre mon attachement à lui. Monsieur Paul retira la cassette du magnétophone et me la donna. Un chat miaula dans la pièce adjacente. Je me levai, j'avais un poids dans les jambes.

— Vous trompez-vous parfois?

Monsieur Paul afficha un sourire de crocodile.

— Parfois.

Il me dit au revoir sans quitter sa place. Je le remerciai à contrecœur et m'échappai dans l'escalier.

Je ne m'étais pas attendue à une entrevue aussi dure. Évidemment, Hélène ne m'aurait pas recommandé quelqu'un de flatteur ou de rassurant. Je piétinai mon ombre sur le trottoir. Tiens, ectoplasme. Va-t'en. Laisse-moi tranquille.

Je descendis dans le tunnel du métro. Les portes de la rame s'écartaient. Un flot de passagers me refoula, visages hermétiques. Je m'affalai sur un banc. Les portes se refermèrent, la rame s'ébranla. Un souffle tiède à l'odeur de caoutchouc surchauffé passa sur mon visage. Le dernier wagon disparut sous la voûte, bleu, blanc, dans le poli du métal et du verre. L'éclairage émaillait la galerie souterraine de flaques vert-de-gris. Mon amour était hanté. Un itinérant dormait par terre, sur l'autre quai. Mon amour était un enfant fou. Une jeune fille s'approchait en martelant le béton de ses talons carrés. Je me resserrai dans l'encoignure du banc. Une vision prenait forme, plus vraie que le ciment armé, plus nette que les chaussures de la fille. Raoul était couché sur le dos, nu, son pénis droit, fort comme une tour. La surface de peau douce, la barre, le joint où m'imbriquer à lui. Ses bras étaient encore au repos, ses cuisses ouvertes, ses yeux avides. Il voulait aller en Marie-Louise et rester à l'extérieur de moi. Je fus jalouse, hideusement.

J'abritai ma poitrine sous ma main. Mon misérable cœur battait si vite. Ou n'était-ce qu'une grosse cavité affamée? Je ne savais plus ce qu'était aimer.

J'étais une goule avec un trou dans le tronc, je me nourrissais du sang des hommes blessés, Raoul était un redoutable don Juan à l'aspect d'enfant timide, il voulait le cœur d'une femme tous les trois mois, pour survivre, puis il désertait avec son butin. Parfaite paire de prédateurs.

Raoul ne fréquentait plus Marie-Louise, elle était passée dans sa vie sans un baiser, ses refus avaient fini par le lasser. Il était maintenant épris d'Isabelle, une bibliothécaire mordue d'activités de plein air, faite pour cuire du pain et élever un jour plusieurs enfants. Nullement faite pour lui. Comment ne le voyait-il pas? Il le voyait sans doute très bien. La difficulté le stimulait. Isabelle, évasive, collectionneuse, le recevait parfois auprès d'elle, un amant de transition dont elle avait aligné la photo dans un album à la suite d'autres photos d'hommes. Raoul ne cessait d'espérer qu'elle lui accorde un peu de temps. Nous nous parlions souvent. Il y avait ces moments de grâce, lorsqu'au téléphone nos voix fatiguées par un long dialogue s'altéraient sur une note particulière, douce comme de la laine, confiante. Raoul était alors ouvert à moi, il fléchissait. Je me jetais dans cet interstice, j'espérais m'y loger. Mais le passage se refermait dès que nous raccrochions, il ne subsistait alors autour du récepteur que les kilomètres de distance physique entre nous. Les jours où Raoul était d'humeur joyeuse et qu'il ne me disait rien d'Isabelle, je devinais qu'elle venait de consentir à un rendez-vous. Les autres jours, ses émotions l'avaient à la traîne, jusqu'au cou. Il me le confiait avec une sorte de panique que je m'efforçais d'atténuer, mais à travers mon plaisir d'être jointe à lui quelque chose d'identique commençait à poindre en moi.

Je luttais. J'enviais Isabelle. Je n'avais pas à l'envier. Son Raoul n'était pas semblable au mien. Je le revoyais au travail, son combat avec la matière, cet affrontement avec lui-même qui s'inscrivait dans un espace visible, un instant sauvé. Isabelle distinguait-elle cela? Elle ne devinait sûrement pas en lui la présence d'une incroyable force créatrice qui nous dépassait tous. Elle ne jouissait sûrement pas du corps de Raoul dans ses plus infimes éléments. Elle n'observait pas avec bonheur le sourcil gauche soulevé sur un œil au regard acéré, la ligne des cheveux autour des oreilles, le sourire humble et pacifique. Elle ne goûtait pas vraiment au sperme sans âcreté, à la bouche bonne par sa gentillesse et bonne par cette saveur chaude de l'intérieur. Elle ne se donnait pas la peine de recevoir les savoirs obscurs de Raoul sur les êtres, qui me parvenaient encore par grands coups de rideaux soulevés. J'avais reconnu en lui des mondes qui n'appartenaient qu'à moi. Personne ne pourrait découvrir ce Raoul-là. Il était en moi.

Je parcourais mon corps seule. L'eau l'enlaçait, l'air le chatouillait, le soleil l'embrasait. Mes draps l'enserraient. La lumière y roulait, blanche et crue. J'étais attentive pour la première fois. Je regardais. Je touchais. Les seins, leurs courbes dociles, leur clarté lunaire, leurs boutons dormants, enfantins, ou éclos, gais; la résistance qu'ils avaient, et leur bienveillance, comme s'ils étaient ce qui se trouvait de plus tendre au monde. Le ventre légèrement arrondi, palpitant de sa faim de ventre délaissé, les aines à l'épiderme si délicat, les cuisses en fuseau, relevées, et au milieu, au bout, là où tout convergeait, le renflement de chair pileux, fendu. Femelle. Dentelé d'un feuillage rose, refermé, que je séparais des doigts. Je dépliais les lèvres intérieures, j'exposais le sillon à l'air, je m'y trempais, j'y étais ardente, j'atteignais son canal de suc, ses enflures en coussinets, sa souplesse heureuse, sa température de fièvre, mon allégresse; je cueillais sa prodigalité. Puis mes yeux se posaient sur le plafond, ou sur les lattes du plancher, ces courtes étendues plates qui ressemblaient à la paix qui m'envahissait alors, nue, rase et brève.

J'apercevais dans les parcs de petits garçons timorés et rêveurs, j'avais envie de les prendre dans mes bras. Les endroits que Raoul fréquentait sans moi me paraissaient prodigieux, même ceux habituellement dépourvus d'intérêt. La ville appartenait au duo qu'il tentait de former avec Isabelle. Les films prenaient l'affiche pour eux. Les vitrines des cafés étincelaient pour eux. La musique, les mugissements du vent ne jouaient que pour eux. J'étais dépossédée.

Je m'abreuvais à la méchanceté, poison revigorant. Je m'attaquais aux relations amoureuses de Raoul : grises, médiocres, sans foi, sans don. Elles convenaient bien à Isabelle, à mes yeux une sotte à jamais mécontente. Je comprenais cependant clairement que Raoul cherchait à confronter des impasses que je n'incarnais pas. Jeter la première pierre ne me soulagea pas longtemps. Je ne goûtais plus les aliments, ni la compagnie de Rose, ni le ciel de lapis-lazulis. J'étais éteinte. Je respirais mes propres fumées, je n'avais plus d'amour pour moi.

J'entrai à nouveau dans la vieille église de mon quartier. Une vingtaine de lampions brûlaient. Des fidèles isolés priaient sur les bancs, le dos courbé. Je longeai le chemin de croix. Quatorze tableaux pour la montée au calvaire, et, entre chacun, un vitrail pour l'éclipse colorée de la résurrection. Au bout de l'allée, la balustrade bornant le chœur, un bouquet de fleurs blanches, une horloge de parquet. À l'autre extrémité, le Christ en croix, près de nos mains, mais, au centre, au-dessus de l'autel, deux fois plus grande, une effigie du Sauveur revenu à la vie, encastrée dans des rayons d'or. Une femme égrenait son chapelet à voix basse. Un homme se moucha. Je marchais à pas mesurés sur le sol dur. Nous peuplions la nef de nos grattements et de nos murmures.

Je m'arrêtai brusquement, écrasée par la douleur. D'énormes lampes de cuivre pendaient du plafond. Les couronnes d'ampoules donnaient une lumière étincelante sans portée sur les boiseries sombres. Une phrase prononcée d'un ton doucereux, presque pervers, me vint à l'esprit. «Cesse la lutte. Acquiesce. Accepte la souffrance et tu souffriras moins. Consens à ton destin.» Un courant d'air ratissa les lampions puis souffla sur mon oreille. Était-ce vraiment moi qui pensais cela? «La vie est souffrance. C'est ainsi depuis le début des temps. Tu n'y peux rien. Regarde la Croix.» Je tournai la tête vers le chœur et deux lampions s'éteignirent du même coup. Un frisson glacé me parcourut l'échine. Le jeune prêtre passait dans l'allée centrale et je me précipitai à sa suite comme sur une bouée de sauvetage. Je ne sus comment m'adresser à lui: monsieur le curé, l'abbé? Il avait l'air de mon petit frère et je dis:

— Mon père, je dois vous parler.

Il était disponible et approuva d'un simple hochement de tête. Interpréta-t-il de travers mes paroles ou agit-il intentionnellement? Il me devança jusqu'au confessionnal, une construction de bois à trois portes vitrées, surplombée d'une croix.

— Dans cette boîte?

— Elle ne vous fera pas de mal.

Il entra par la porte du centre. Je pris celle de gauche. Je me retrouvai dans la pénombre, face à un crucifix. Je m'agenouillai devant le grillage en bois disposé à hauteur de la bouche. La taille de l'isoloir évoquait un cercueil. J'attendais dans un cercueil mis debout. Cela devait être délibéré. Pour isoler un corps du monde, pour en appeler au ciel, il fallait l'enclore de bois verni. Je touchai le grillage. La voix chuchotante du prêtre coula dans l'air qui filtrait entre les ouvertures.

— Qu'avez-vous à me dire?

C'était presque une voix d'outre-tombe. Je murmurai:

— J'aime un homme qui ne m'aime pas.

— Il y a de plus graves péchés.

— Il n'y en a pas de plus idiot.

Le prêtre remua de son côté de la paroi.

— Ne vous flagellez pas.

— Il est absent. Il est misogyne.

— Ce sont des excuses pour la peur.

J'avançai ma bouche plus près de sa voix.

— Comment me libérer?

— Quelle est votre foi en l'amour? Celle que vous expérimentez, bien sûr. Changez de croyance.

Je pensai à nouveau à Raspoutine, mon ancêtre fictif, qui était mort de ses croyances. Je pensai au destin des romanciers d'Hélène, qui engageaient dans leurs livres et dans leurs vies les mêmes certitudes.

— *Il te sera fait selon ta foi.* C'est une des vérités les plus instructives de la Bible. Elle dit notre liberté et nous oblige à être vigilants.

— Je veux m'évader du passé.

— Mais qu'est-ce que le passé? Seulement une idée dans votre esprit. Remplacez-la par des idées de votre choix, des idées qui contiennent du bonheur. Utilisez votre imagination, pas vos souvenirs. Soyez créative.

— Ce n'est pas aussi simple.

— Créer n'a rien de simple! Dieu en sait quelque chose. Qu'est-ce qui est simple ici-bas, dites-moi? Vous, moi, une mouche? Cultivez vos idées sans vous lasser, elles prendront forme à l'extérieur de vous. *Imago dei.* Dieu nous a faits à son image. Sur quelles images vous faites-vous? Peignez-vous une autre réalité. Il vous reviendra un tableau neuf, un beau tableau. Lequel? Ha ha ha, c'est une surprise, Dieu réclame aussi sa part du travail.

— Non, pitié, Dieu n'est quand même pas un peintre.

— À sa manière, il l'est. Sainte Marguerite disait: «Allez vous mettre devant Notre Seigneur comme une toile d'attente devant un peintre.»

— Elle a été heureuse?

— Elle est morte parce qu'elle a refusé d'épouser un préfet. Il était amoureux d'elle. Il l'a fait martyriser.

— Les saintes ont aussi des histoires d'amour compliquées.

— Même les pauvres prêtres, dit mon interlocuteur.

Il riait.

— Alors je me convertis, je réinvente ma vie amoureuse.

— Elle est à vous. Soyez patiente, comme si vous aviez pour cette tâche toute l'éternité. Vous l'avez, bien entendu. L'impatience n'est qu'un manque de confiance.

Dans le confessionnal, les mots étaient aussi nus que des pensées, sans regard, sans bouche, sans langue, sans dents, rien que la puissance de la parole dans le noir.

— Prenez garde aux rêveries romantiques. Elles sont faciles à reconnaître, vous vous sentirez anesthésiée. Méfiez-vous aussi de la saveur toxicomane des tourments. Le diable a imaginé la passion pour nous faire croire que l'amour dans son aimable bonté est ennuyant.

Il dit cela avec un soupir, comme s'il parlait d'un chat chapardeur qu'il ne cessait de chasser de sa cuisine.

— Il peut venir dans l'église?

— Il entre parfois avec les cœurs impurs. C'est dire qu'il y a sous ce toit beaucoup de va-et-vient. Récitez sept fois le psaume 23.

— Je ne le connais pas.

— La prière dit: Lorsque vous avancez la jambe droite, le Seigneur est dans votre jambe gauche.

Le prêtre murmura quelque chose en latin et j'entendis un froissement de vêtements, je sus qu'il me bénissait. Je me sentis aimée, protégée.

— Merci, dis-je. Merci beaucoup.

Il me précéda hors du confessionnal et me demanda de l'attendre un moment. Il emprunta à nouveau la porte du côté de l'absidiole, réapparut presque aussitôt, une bible usée à la main.

— Elle appartenait à sœur Jeanne-d'Arc, dit-il en me la donnant.

— Elle n'en veut plus?

— Elle vient de mourir.

Les doigts pieux de la religieuse avaient laissé leurs traces sur la tranche noircie, la couverture lissée. J'acceptai le livre avec réticence.

Je l'ouvris à la clarté du jour et le reniflai rapidement. Il avait un parfum doux de poire cuite, il était annoté à l'encre noire presque sur chaque page. J'associai l'odeur à la peau de la morte, la bible me dégoûta un peu, mais elle allait me convenir. Je savais ce qu'il me restait à faire, c'était d'une grossière évidence. Mon cœur battait une percussion sourde, désordonnée, que je ne connaissais pas. J'allai directement à ma voiture. Je devais faire vite. Je lus le psaume 23. La sœur avait souligné plusieurs passages deux fois, elle avait même dessiné un petit cœur, tout noir, mais rond et joyeux, au-dessus du titre: *Le bon Pasteur*. Je dis à haute voix, sur un ton plutôt faux, par-dessus sa gênante présence

> *Yahvé est mon berger, rien ne me manque*
> *Sur des prés d'herbe fraîche il me parque*

et je déposai le psaume sur les vitres où les gratte-ciel se reflétaient, sur la peinture blanche, presque phosphorescente, d'un entrepôt, sur les pare-chocs en dents-de-loup des autres voitures, sur la torche lointaine du soleil, sur mes pensées houleuses, en débandade

> *Passerais-je un ravin de ténèbre,*
> *je ne crains aucun mal car tu es près de moi*

Après la quatrième récitation, cela me fit un bien immense, comme si j'avais aperçu à l'horizon un pont et un abri. Raoul ne reviendra pas. *N'aie pas peur.*

Je le trouvai dehors, devant chez lui, il déchargeait d'une camionnette les grands panneaux de bois sur lesquels il peignait. C'était un de ses mauvais jours, il avait le visage fermé, fermé très loin, de la rocaille sous un ciel sans éclaircie. Il s'était acheté une veste de cuir, d'un noir luisant sous les feuilles jaunes d'un arbre. Sa bouche était crispée par l'effort, et par des pensées sans douceur, ses averses de grêlons.

— Bonjour, dis-je.

J'avais un minuscule filet de voix, un ton larmoyant, qui me fit honte.

Il se retourna et déposa le panneau qu'il transportait sur le trottoir. Le vent souleva ses cheveux, des flammes et de la soie. Ses yeux fouillèrent une fraction de seconde les miens. Il eut une expression heurtée, douloureuse, sur la défensive, qui me tordit le cœur. Il sut.

— Raoul, je n'y arrive pas.

— Je comprends.

— C'est trop difficile.

— Oui.

— Je me retire.

— Même pour nos conversations au téléphone?

J'hésitai une seconde.

— Personne ne doit souffrir pour quelqu'un d'autre, trancha-t-il.

— Non.

J'évitai son regard transi. Nous nous fîmes en vitesse une accolade précautionneuse, comme si nous craignions en prolongeant cet instant de casser le verre fin qui retenait nos émotions. Nous nous embrassâmes à l'épaule. Nous nous souhaitâmes bonne chance.

Je pleurais avant même d'arriver à ma voiture. Je ne me retournai pas, je ne voulais plus rien voir. Combien de temps pour un adieu? Combien de temps pour couper les voies les plus subtiles, les plus complexes, par lesquelles nous entrions les uns dans les autres? Je ne saurai plus rien de lui. Comment vivre en ne sachant rien de lui?

«Yahvé, tout me manque déjà, où es-tu?» Un bruit de scie gronda en moi, il n'y eut plus de prière, ou de larges avenues sur lesquelles marcher, ou de grâce sur les hauts arbres, le bruit de scie ferma toute perspective et me poussa dans un étroit corridor. La lumière du soleil y plaqua une brillance hostile, une ambulance y jeta un terrible hurlement, une froide atmosphère se pressa sur mes poumons, je pilotai mon véhicule dans la terreur. Le ciel était vide et je cherchais désespérément un peu de chaleur.

Je pris un bain chaud, mais le froid m'avait déjà atteinte en mon centre. Mes sanglots m'effrayèrent. Je vis dans mon regard, sur l'insecte rayé qui dodelinait de la carapace dans le porte-savon, sur le chrome des robinets, sur le coude de l'évier, que je ne trouverais plus de repos, que j'avais changé d'espace, et qu'il me faudrait le supporter.

Je dormis peu, je mangeai à peine. Résister à la souffrance occupa ma nuit, puis tout le lendemain.

Un jour, deux jours, une semaine, combien de semaines? Je n'eus bientôt plus le courage ni la force de chercher du travail. Dehors, la lumière des après-midi tombait basse et brumeuse. Je ne bougeais plus.

Un vent du nord geignit dans les fenêtres, rugit contre les arbres, emplit l'air de ses turbulences, durcissant la terre, noircissant l'herbe. Les calorifères devinrent bouillants. J'avais peur tout le temps.

Des bulldozers rasèrent le garage désaffecté au coin de la rue dans une incessante rumeur de moteurs. Une fumée grise monta des toits. Malgré le jour, des lampes aux lueurs orangées veillaient au fond des pièces. D'énormes corbeaux se posaient sur la balustrade de mon balcon. Il pleuvait des feuilles mortes.

Rose m'apporta une pile de ses biscuits maison, des galettes larges comme des soucoupes qui me remplirent sans plaisir la bouche d'épices et de noix. Elle prépara le thé, me raconta son attirance toute neuve pour un homme, un bénévole du bazar qui lui avait offert une veste en mohair. Il embrassait divinement. Ils en étaient restés là. J'écoutais à peine. Je m'en excusai. Rose se tut et me frotta énergiquement le dos avec sa main terrienne, brunie.

Je croisais parfois un voisin dans le couloir. Il était marié à une infirmière qui prenait des cours de chant et exerçait sa voix le matin, il parlait le regard allumé, festonné de gentillesse, il était si grand qu'il cognait sa tête aux lustres. Il déposa devant ma porte *Alice au pays des merveilles* avec une plaque de chocolat et une note: *Ceci est bon pour vous.*

Le soleil blanchissait les montants d'aluminium des fenêtres sur les maisons, le ciel couvert leur appliquait son tain et ses reflets de fer, le soir leur insufflait ses ors violacés, et la nuit, les miroirs éclataient, les vives lumières des plafonniers jaillissaient. Je maigrissais. Je me déplaçais dans un décor sans réalité.

— Ce retournement est une mort, m'expliqua Rose. Tu vas bientôt muter. Construction, déconstruction, construction. C'est ça, la vie de l'esprit. Tiens bon.

Parmi les phrases encadrées par sœur Jeanne-d'Arc figurait ce passage de l'Évangile de Jean: «Il y a beaucoup de demeures dans la maison de mon Père.» Elle l'avait relié par une flèche à un commentaire noté en marge: *Somnia a Deo missa, les rêves envoyés par Dieu.* D'innombrables demeures, autant de songes, autant de constructions de nos esprits. Nos cieux et nos enfers, nous en possédions seuls les clés. Mais les mots aussi avaient perdu leur sens.

Je sortis sur le balcon. Les branchages du vieil érable remuaient doucement au-dessus de moi. Les tilleuls étaient nus. L'air tiède des derniers jours portait l'odeur sucrée des feuilles qui se décomposaient sur le sol. Leur blondeur ainsi que celle des arbres sous le ciel gris inondaient la rue d'une lumière tendre. Quelque chose me toucha à la tête, comme si on m'effleurait du doigt, puis je ressentis, au même endroit, une sensation qui ressembla à une légère décharge électrique. Surprise, je me retournai. Mon regard resta à mes pieds. Mon train de pensées s'arrêta. Une marguerite avait poussé entre les lattes de bois, hardie et sans terre. Sa tige était ténue, elle avait des pétales de dentellière. La saison n'était plus la sienne, j'habitais un troisième étage, de tout l'été aucune marguerite n'avait prospéré sur les parterres avoisinants. Était-elle seulement là hier? Sainte Marguerite, pensai-je, est-ce un de vos coups de pinceau? Raoul m'avait offert des marguerites. Il avait décrit notre amitié comme une fleur qui croissait sur l'asphalte. Je me penchai sur la fleur avec une jubilation prudente. S'agissait-il d'un petit miracle, de l'amour pouvait-il, au lieu de se perdre, pousser sur le bois nu? J'eus un frémissement, le même bas voltage courut dans ma poitrine, je vis sans mes yeux un plan basculer, de grands rectangles sombres se séparer, et, entre eux, une ligne de lumière s'élargit, bleue, pure, riante, irradiante d'amour. Une joie presque insoutenable m'envahit, puis la ligne de lumière s'effaça d'un coup.

Je m'agenouillai près de la marguerite. Je remerciai. Merci mon Dieu. L'immensité était à moi, et mon tenace courant de pensées, et mes membres sains, mon sang courut à flots dans mes veines. Je n'étais pas tarie. Je n'étais pas seule. J'observai longuement la luminosité des arbres, les maisons, les lattes du balcon, mes mains posées sur mes cuisses, le bonheur en moi, afin de ne pas l'oublier avant très longtemps.

Je descendis l'escalier jusqu'à la rue, la rue jusqu'au jour offert. La ville était couchée devant moi toutes voies dégagées, bruissante de vie, des centaines de milliers de vies, chacune un chatoiement, une parole, et j'étais si légère, si prête à recevoir. L'aisance de mon corps, le poids du manteau sur mon dos, la beauté d'un volet entrebâillé sur un luminaire rond, bleu lavande, cette vieille dame au visage ravagé par un cancer de la peau qui pourtant me souriait et était belle, ce dépanneur aux vitres grillagées, sous assaut, qui se révélait à l'intérieur d'une netteté accueillante, son propriétaire hindou affable dans ses parfums de café et de tabac, cet arbre blanchi par les années, sa branche maîtresse courbée vers le ciel et à sa base une lunure comme un œil, qui le faisait ressembler à un vieil éléphant, ces enfants sous un porche qui s'amusaient à grimper sur le dos d'un homme, cet adulte qui se laissait importuner, bienheureux, cet asphalte luisant, cet oxygène qui m'ouvrait la bouche, cette fatigue qui me prenait comme un bercement, cet étonnement de vivre qui me saisissait comme un paysage vu d'une haute montagne.

Je cueillis la marguerite et la glissai amoureusement entre les pages de la bible.

Je dis adieu à Raoul, lui souhaitant la paix fastueuse de ceux qui ont longtemps séjourné en eux-mêmes. Je l'imaginais comme un palais labyrinthique qui possédait des jardins et des pavillons reculés que je n'avais pas pu atteindre. Son nom avait pris une consonance à la fois extrêmement familière et à nouveau close, étrangère. Je gardais en moi une des chambres, Raoul y vivait. Il peignait beaucoup. Il me parlait souvent. Parfois, le climat de la pièce était plutôt funeste, parfois il était heureux. Parfois même je n'ouvrais plus la porte. C'était l'hiver et j'avais des pensées en éclosion, des jets de tous les verts et de tous les bleus.

Je nouai mon écharpe sur ma bouche pour me protéger du froid. Mes patins me serraient les pieds. Le parc sous la neige n'était que rondeurs, arbres épaissis, monuments emmaillotés, dunes ondulant jusqu'à la route. L'étoffe neigeuse le soudait au ciel ivoire. Une policière poussa son cheval sur le chemin menant à la colline. Une odeur de bois brûlé traversa l'atmosphère nuageuse. Je cherchai Rose des yeux.

Un premier flocon chuta du ciel. Il descendait sans hâte, en traçant de petits lacets, puis se posa sur ma manche. Le dessin du cristal était exquis. Des tonnes de dessins autour de moi. Mes lames touchèrent la glace avec un raclement sec.

Rose était assise sur un banc au bord de la patinoire, les jambes étirées. Elle buvait un chocolat chaud en portant son regard réfléchi par-dessus sa tasse. Il s'arrêta sur moi, elle s'élança à ma rencontre. Elle me jaugea d'un coup d'œil et sourit magnifiquement – ma joie de la retrouver, comme par mimétisme, apparut sur son visage. Elle me serra contre elle, je l'embrassai, puis elle rangea son thermos dans son sac à dos, me tira par le bras et m'entraîna dans son mouvement. Elle était enthousiasmée par son nouvel amour, son homme d'affaires avait attendu un voyage en Chine pour lui expédier une lettre de rupture. Le bénévole du bazar s'appelait Louis, il avait des lunettes rondes, un regard de faucon, un esprit ailé, mais tranchant comme un bec. Il avait été alcoolique et avait tout perdu. Une colère secrète le minait, qu'il dirigeait contre les injustices sociales et aussi parfois contre Rose. Mais il aimait les joies simples, la bicyclette, les plantes, les chats, les jours avec elle.

— Nous nous querellons souvent, me confia Rose. Notre désir est violent et notre comportement l'est aussi. Je l'aime beaucoup trop! Lui, bien sûr, ne comprend pas ses émotions. En fait, moi non plus. Il m'exaspère, il m'éblouit. Je suis bourrée de contradictions…

Elle s'approcha de ma joue.

—Tu crois que, cette fois, ça va durer? Nous sommes tous si aliénés par ce qui ne dure pas.

Je murmurai sous mon écharpe qui commençait à se givrer:

— Mais qu'est-ce qui dure? Rien ne dure.

— Toi et moi, ça dure.

La glace était bosselée et je perdis l'équilibre. Rose me rattrapa par le coude. Nous allions vite, tout au plaisir de glisser, de fendre le froid, de se donner à l'effort. Rose me désigna un homme aux jambes arquées; un énorme pompon pendait coquettement à son oreille. Il patinait les mains dans le dos avec une agilité splendide.

— Celui-là, il est pour toi.

— On m'a commandé un aviateur.

Un avion rugit dans le ciel. Nous levâmes la tête. Il se mit à neiger fort, des flocons s'accrochèrent à mes cils et nous couvrirent d'un silence feutré, grandiose. Je tendis ma figure vers eux avec ravissement.

Des bûches brûlaient au centre de la patinoire dans un brasero. Des groupes transis se rassemblaient devant le feu. Nous nous fîmes une place. Le bois crépitait joliment, l'odeur de fumée imbibait nos habits. Des flammèches montaient parfois haut, incandescentes dans l'avalanche blanc pur, menant avec la neige une danse tourbillonnante. Une chaleur ardente se plaqua sur nous, côté face. Je dis à Rose que mon contrat à la station de radio me plaisait, même si je classais des disques dans un sous-sol sans fenêtres. Le propriétaire de la station, un semi-retraité du double de mon âge, venait tous les vendredis choisir deux sucettes rouges dans le bocal à friandises de la réceptionniste, m'en apportait une et m'invitait au restaurant. Je le remerciais, je refusais. Les recherchistes, deux jeunes hommes qui rédigeaient en s'accompagnant de musiques techno euphorisantes, s'amusaient à badigeonner de dentifrice mon récepteur de téléphone et à me bombarder d'élastiques. Ils venaient dans mon local se cacher des plaisanteries qu'ils servaient aux autres membres du personnel. Je riais aux larmes. J'avais un revenu décent. Rose me raconta ensuite, émue, qu'Hélène avait dû être hospitalisée, elle ne se vêtait plus convenablement et négligeait de se nourrir.

— Elle est arrivée au restaurant avec sa robe de coton violette et son boa de fausses plumes. Il faisait moins quinze. Elle m'a demandé des sachets de sucre, elle ne mange plus que du sucre. Son nez et ses doigts étaient bleus. J'ai appelé la police. Elle a protesté: «Je ne suis pas Zelda Fitzgerald, je ne suis pas Jane Bowles, je ne veux pas qu'on m'enferme.» Puis elle s'est assise et a glissé ses mains sous les miennes. Ses doigts étaient raides comme des petits bâtons. Elle a dit: «J'espère que les docteurs vont me toucher, cela fait des années que personne ne m'a touchée. Si je n'ai plus de caresses, je vais mourir.» Elle frottait ses mains sur les miennes, elle m'a fait pleurer.

Rose affermit son bonnet de laine sur ses oreilles. Le sort d'Hélène m'épouvanta. Il y avait des destins si difficiles, je ne trouvais à cela qu'une explication, qu'une consolation: la vie était si légère qu'ensuite, ailleurs, nous nous dirions que ce n'était qu'un rêve, un rêve envoyé par Dieu.

Je donnai le bras à Rose, nous fîmes trois autres tours de patinoire. Nous nous promenions dans d'immenses rideaux de tulle. Au-delà des sapins qui contenaient la glace dans un grand cercle, ils fermaient tout. Rose travaillait au restaurant à midi et nous nous séparâmes à contrecœur, en nous donnant des bises pleines de flocons fondus. Je promis de visiter Hélène dès le lendemain.

Il avait tant neigé, je dus renoncer à ma voiture et fis le long trajet jusqu'à l'hôpital en autobus. Les véhicules peinaient lentement sur les avenues encombrées, tous feux ouverts. Je vis l'établissement de loin. Victorien, monumental, il tranchait sur les pâtés de maisons, avalait les rues. Des dizaines de petites fenêtres carcérales perçaient sa brique noircie par le temps. Je franchis l'entrée principale sans empressement. Je me méfiais toujours un peu d'Hélène, l'édifice me causait une indéfinissable anxiété. Je secouai la neige de mes bottes sur un tapis de plastique, m'orientant dans le hall clair. Je remarquai la boutique de cadeaux, le fleuriste, le kiosque à journaux, le restaurant, le standard téléphonique, le calme, les quelques visiteurs assis sur les bancs, silencieux. Je consultai l'index-maître. La psychiatrie occupait les derniers étages du pavillon B.

J'achetai un ours en peluche moelleux, ses yeux de vitre enfouis sous les poils couleur miel, puis je pris l'ascenseur jusqu'au 6e comme indiqué. Je me perdis dans un corridor à l'éclairage cru, donnant sur des portes closes. Les flèches des panneaux dirigeaient vers le service transfusionnel, les maladies infectieuses, l'hématologie, les murs étaient coquille d'œuf avec des découpages saumon. La chaleur se faisait sèche, excessive. J'atteignis un atrium vide, puis un passage vitré qui menait au pavillon D. Dehors, les files de voitures s'allongeaient. Dans la fin d'après-midi frigorifiée, le ciel commençait à se dégager. Sur les trottoirs, les piétons se déplaçaient maladroits entre les monticules de neige. Je les enviai.

L'ours et mon manteau sous le bras, je rebroussai chemin et m'engouffrai dans le premier escalier. La chambre d'Hélène se trouvait au 7e, mais la porte d'accès à l'étage était verrouillée. Je retournai au 6e, j'errai au hasard, à travers deux salles d'attente combles, où patientaient des femmes enceintes, puis j'aperçus sur un mur la lettre B, accompagnée d'une flèche peinte en rouge. Le couloir menait à un ascenseur, et l'ascenseur à un autre couloir qui se terminait sur un guichet et une porte contrôlée par un signal électrique. Je ne m'étais jamais imaginé que les patients en psychiatrie ne disposaient pas de leur liberté de mouvement.

Un préposé nota mon nom dans un registre. Il téléphona pour annoncer ma visite. La porte bourdonna. Je la franchis avec réticence.

Je n'eus pas à aller loin, Hélène surgit devant moi du coin d'un mur, comme un diable d'une boîte. Elle me reçut avec une expression si gaie que je ne regrettais plus d'être venue. Ou était-ce la satisfaction de m'avoir fait sursauter? ou l'effet de ses médicaments? Elle avait beaucoup maigri et coupé ses cheveux en brosse. Dans chaque main, trois de ses doigts étaient bandés. Elle avait enfilé une robe de chambre matelassée propre, mais de mauvaise qualité. Le tissu chiffonné gondolait sur ses mollets. Elle boitait. Ses cernes creusaient de hideuses rigoles sombres dans ses traits bouffis. Ses nouvelles lunettes à épaisse monture noire serraient de près ses globes oculaires et s'amincissaient sur les côtés, comme un loup de carnaval. Hélène m'invita à toucher son crâne, ses cheveux drus massaient ma paume, le contact était agréable.

— Les babouins font ainsi pour se reconnaître entre eux, dit-elle.

J'abaissai le bras.

— Tu sais comment devenir chef des babouins? Il faut provoquer les autres du regard et ne jamais détourner les yeux la première.

Elle fit des yeux ronds et leva les sourcils. Je faillis l'imiter.

— Mais en fait, chaque cheveu est une antenne. Je capte l'énergie de tous ceux qui se trouvent à moins de dix mètres de moi.

— Un rayon d'action plutôt court.

— Il est inversement proportionnel à la longueur du cheveu.

Elle baissa la voix:

— On me drogue ici.

Elle roula des yeux derrière son masque. Son expression heureuse, presque allumée, persistait. Nous nous installâmes dans un petit salon. Une télévision était en marche, sans son, des revues aux couvertures déchirées s'étalaient sur une table basse, les sièges étaient en cuirette prune, les fenêtres embuées. Nous y étions seules. L'atmosphère était confinée, mon intimité avec Hélène, artificielle. Je lui donnai l'ours en peluche. Elle le prit avec avidité et le pressa tendrement contre sa joue. Je me dis qu'au moins ici elle était au chaud, nourrie, en sécurité. Elle plongea la main dans la poche de sa robe de chambre et me présenta un épais carnet plié aux coins, défraîchi. À son geste fébrile, je sus qu'il était le motif de son contentement.

— J'ai trouvé la fin de mon roman, dit-elle en se caressant le crâne d'une main lente, appliquée.

Je feuilletai le carnet rempli jusqu'à la dernière page de son écriture illisible. Elle avait continué dans la marge, puis sur des feuilles agrafées au dos du carnet. Le paragraphe final se terminait sur trois traits gras, volontaires.

— L'héroïne, comme moi, doit rester longtemps internée. Elle suit une thérapie de groupe. Elle tombe amoureuse...

Hélène suspendit sa phrase pour observer ma réaction. Mais cette fois, son propos me parut inoffensif et je la relançai:

— Elle tombe amoureuse d'un beau médecin.

Hélène me signala son mépris en claquant la langue.

— Non! Elle aime une autre patiente, aussi laide qu'elle. Mais cela n'a pas d'importance. Elles s'aiment de l'intérieur.

Deux femmes malades mentales laides qui se rencontrent et s'éprennent l'une de l'autre lors d'un séjour forcé à l'hôpital, ce n'était pas une finale à l'eau de rose, mais cela me parut tout de même un peu improbable.

— Tout peut arriver, me forçai-je à dire pour ne pas être rabat-joie.

— Il arrive toujours quelque chose de nouveau, corrigea Hélène.

Elle chuchota:

— Dorénavant, c'est à ça que le temps sert.

Elle était enchantée de sa découverte. Puis, immédiatement, avec le regard torve de celle qui complote, elle ajouta:

— Elles vont toutes les deux s'enfuir de l'hôpital.

Confuse d'avoir risqué une telle confidence, elle fixa le tapis. Je jurai de ne pas la trahir. Hélène regardait toujours le tapis, moi les patients qui déambulaient dans le couloir en robe de chambre, à pas lents, chacun isolé dans ses pensées, des pensées morcelées, des récifs où personne n'abordait, cela se voyait à leurs regards opaques, à ces yeux enfoncés dans les orbites, aux lèvres remuant des murmures. C'était d'une effrayante tristesse. Raoul occupa subitement mes pensées. J'eus peur. Hélène, toujours muette, parut soudain lassée de notre rencontre. Elle agrippa l'ours par une patte et se leva en rempochant son carnet.

— J'espère pouvoir le lire un jour, dis-je avec sincérité, mais non sans esprit de sacrifice.

— Oh non, jamais, je ne m'en sépare pas, mes pages sont les rails de ma vie.

Je voulus l'embrasser mais elle avança plutôt son crâne, que je frottai cette fois avec énergie. Hélène m'envoya en échange son long regard bleu et humide, sous loupe à cause des verres grossissants. Elle s'éloigna de son pas instable, dans le balancement rose de son vêtement, l'ours pendu la tête en bas sous son coude. Sa démarche me magnétisa, comme si j'avais pu y lire son bonheur ou sa détresse. Je ne vis que sa vulnérabilité. Elle disparut au coin du corridor. Je pris mon manteau, mes gants, je m'identifiai au guichet, on me laissa sortir. Je montai dans l'ascenseur, je recommençai ma partie de cache-cache avec l'énorme bâtiment. Des tuyaux répercutèrent au-dessus de ma tête de lointains coups de marteau. Je faillis me cogner à un homme en chaise roulante. Je suivais d'interminables couloirs aux planchers luisants. Je passai entre des chaises alignées contre les murs, des gens attendaient, leurs manteaux sur les genoux. Les moulures des plafonds et des montants de porte se fossilisaient sous d'innombrables couches de peinture. Le soir obscurcissait déjà les fenêtres. J'étais au rez-de-chaussée et je ne trouvais plus la sortie.

Je perçus une odeur suave, traînante, de fleurs, de serre, de salon mortuaire, puis celle, agressive, de désinfectants. Le dos d'un homme, debout devant le bureau des archives médicales, déclencha en moi un signal d'alarme. La cadence de mon pas se rompit. C'était Raoul. Était-ce bien lui? Il changea de position. Non, l'homme était plus chétif, plus jeune. Mais il portait une veste de cuir noir, de coupe droite, semblable à la sienne. Raoul venait encore de s'échapper de la pièce où je l'avais confiné pour se matérialiser sous mes yeux en une semi-hallucination. Il n'était pas un souvenir plat, docile aux enfermements, mais une présence holographique dont une infime partie d'image le reconstituait tout entier. Il était mon passé à mille madeleines, aurait dit Hélène qui avait déjà passionnément embrassé au restaurant une photo de Proust. J'avançais, troublée, dans cette réminiscence si forte que je crus respirer l'odeur de Raoul, que je m'attendais à le rencontrer, cela aurait été si naturel et si improbable que je fus soulagée, mais presque déçue, de n'apercevoir dans le couloir que des visages étrangers. Un souffle glacé me ramena au présent. J'avais atteint une porte de côté, au bout du pavillon principal. Je boutonnai mon manteau, établissant mentalement la liste des articles à acheter à l'épicerie. Je me réjouissais du repas que j'allais prendre, délivrée de la lourdeur, de la déplaisante réalité de ces murs entre lesquels se concentraient tant de souffrances.

Je me joignis à la longue file d'attente à l'arrêt d'autobus. L'avenue était bloquée par les embouteillages. Il restait aux balcons et aux arbres des ampoules de Noël colorées, veilleuses obstinées sur les nuits de janvier. Les gens devant moi piétinaient d'impatience dans le froid. Un homme tourna son poignet, tira la bordure de son gant et consulta sa montre. Je poussai un cri. C'était Raoul. L'air devint dense comme de l'eau, les battements de mon cœur firent un bruit de cataracte. Il se retourna. Déstabilisée, j'eus l'impression d'être un pion sur un vaste échiquier, mais ce ne fut pas pénible. Raoul avança vers moi les yeux brillants, durcis sur leur propre lumière, il avait ce regard absent par lequel nous avions tous deux eu des visions.

— Hélène a tout manigancé, murmurai-je.

Il ne se souvenait pas d'Hélène mais, dans son regard qui se fit plus aigu, je vis qu'il releva la méfiance et le plaisir sous ma désinvolture.

— Tu vas bien? demanda-t-il doucement.

— Tout est bien. Et pour toi?

Il pivota vers l'hôpital, soucieux, exténué.

— Mon père a eu un second accident vasculaire cérébral.

— C'est grave?

— On ne sait pas. Il est aux soins intensifs, il est inconscient depuis hier. Il faut attendre.

Des larmes lui montèrent aux yeux. Je serrai son bras, sa douleur me pénétra. Je regardai à mon tour le bâtiment, sa masse sombre, les multiples fenêtres éclairées. J'imaginai le corps fauché de monsieur Beaulieu derrière l'une d'elles, ses bras nus, musclés, abandonnés qui reposaient sur le drap, ses paupières closes, l'aspect terreux de sa peau, son souffle laborieux. Il était cette fois seul dans sa barque, dans un courant infini bigarré de noirceur et de lumière. Tenez bon, monsieur Beaulieu, pensai-je, et je me souvins que la déchirure de la mort était le dernier élément de la vie d'Agostini que nous connaissions. Je faisais partie de la constellation, je participais à nouveau. Monsieur Beaulieu allait-il également mourir? À quel point cette constellation m'appartenait-elle? Je reculai imperceptiblement d'un pas, puis j'en fis un autre vers l'avant. Cette petite danse me rassura sur ma liberté et je souris à Raoul, bravement. Je ressentais toujours sa sensibilité comme une inaltérable vérité, contre cela je ne pouvais rien. Je me détachai de la file d'attente.

— Je vais prendre le métro, dis-je.

Raoul considéra la lente procession de phares sur l'avenue et me suivit. Il me dit qu'il allait se reposer et revenir le lendemain, son frère et sa belle-sœur étaient auprès de son père maintenant, sa mère aussi était venue le matin, anxieuse, pressée. Son écharpe était détachée, son cou nu. Ses cheveux avaient poussé et bouclaient au-dessus de ses oreilles. Nous dûmes bientôt marcher l'un derrière l'autre sur le trottoir rétréci. La neige était bleutée d'ombres, la buée de nos haleines, épaisse. De la poudrerie m'atteignait parfois au visage, frôlement léger, rapide, du tissu raide du vent et de la glace. Nous blanchissions la laine de nos manteaux contre les tas de neige, nos pas foulaient le tapis durci dans un craquement régulier, apaisant. Ma lucidité était aiguisée jusqu'au sentiment d'irréalité.

Nous atteignîmes une place éclairée par une multitude de petites ampoules blanches. Devant ce mur d'étoiles, près de mon épaule, Raoul me parla de l'appel à l'aide de sa mère, survenu alors qu'il montait une exposition au Musée d'art contemporain, des symptômes qui avaient précédé l'AVC, d'une discussion qu'il avait eue avec son père, dans le sous-sol de la maison familiale, la veille de l'attaque. Son père attendait, angoissé, de subir des examens médicaux. Ils avaient parlé de la survie de l'âme.

— Je lui ai dit que l'esprit semblait indépendant du corps. J'ai cru lui apporter un certain réconfort, mais c'est le contraire qui s'est produit. Il a protesté, il m'a demandé que je cesse de l'importuner avec ces complications. La seule idée qui le rassurait, c'était celle du néant. Il m'a répété qu'il n'était rien, qu'il n'aspirait à rien, qu'il ne connaîtrait aucune paix s'il devait y avoir quoi que ce soit ensuite. Il ne veut même pas imaginer un paradis.

Nous dépassâmes la bouche de métro, une boutique de vêtements, un restaurant thaïlandais.

— Je peux le comprendre, dis-je.

— Le silence, l'absence… Il est ainsi.

— Il existe peut-être de l'autre côté de beaux endroits où il n'arrive rien. Les mêmes oiseaux qui chantent, la même eau qui coule, toujours. Son idée du paradis, sans qu'il ne le sache.

Raoul boutonna le col de son manteau. Nous nous arrêtâmes pensivement devant une vitrine dans laquelle de petits chiens mécaniques couraient derrière une balle pour promouvoir une marque de souliers. Nous attendîmes ensuite le feu vert dans la lueur cireuse de la devanture d'une librairie, puis nous descendîmes un large boulevard à quatre voies, où deux chasse-neige, pneus à sculptures gigantesques et phares aveuglants, repoussaient de front la neige, amas bouillonnants sur leurs éperons d'acier. Leur travail couvrit nos voix. Le vent s'enflait dans l'espace dégagé entre les immeubles. Il était pur de neige fraîche, tonifiant. Le silence revint à quelques rues, dans la quiétude de la ville empâtée de blancheur, même la nuit était pâle, même les bâtiments, tout n'était qu'argenté et blanc, scintillant de lumières. Raoul avait le nez rouge. Mes joues gelaient. Nous marchions toujours.

Puis Raoul dit, calmement, sur un ton interrogatif:

— Peut-être que je peux aimer rester.

Je ne compris pas tout de suite. Je ne ressentis cependant aucune surprise, seulement un balancement au fond de ma poitrine, comme si une cloche s'était mise à tinter au lieu du battement de mon cœur. Je n'osai pas quitter des yeux la neige sous mes pas, ni détacher entièrement mon attention du sifflement morne de la brise. Je dis, avec la même prudence:

— Et moi, est-ce que tu peux m'aimer?

— Je ne peux pas te perdre.

— Tu dis ça parce que tu m'as perdue.

— J'espère bien que non.

Il me saisit par la manche et assura son regard dans le mien.

— Je ne veux pas du futur d'Agostini. Peux-tu avoir encore confiance en moi, malgré tout?

Sa voix était vibrante et mon carillon se précipitait, les maisons le répercutaient, et le trottoir, et la fumée au-dessus des gratte-ciel, et l'étoffe de son manteau. Il y avait cependant en moi une plate-forme solide, juste assez grande pour mes pieds, sur laquelle j'arrivais parfois à me poser et où je n'avais pas peur.

— J'ai confiance en la vie, dis-je.

Il acquiesça d'un regard gêné et de son sourire humble. Nous hélâmes un taxi, un véhicule bleu marine, à la carrosserie lustrée. Nous fîmes le trajet repliés dans le même coin de banquette, trop impressionnés pour parler.

Je n'avais pas oublié la senteur poivrée du logement, celle des composantes chimiques de la peinture, qui imprégnait jusqu'aux vêtements de Raoul. Je me souvenais de l'ordre, des objets inusités, de la fécondité. Nous ôtâmes nos bottes, accrochâmes nos manteaux à la patère. Raoul interrogea son répondeur. Le téléphone risquait de sonner à tout moment avec de mauvaises nouvelles et il mit le volume de la sonnerie au maximum. Il nous prépara une crème de céleri, nous n'en avalâmes qu'un demi-bol, nous n'avions pas faim. Raoul me considérait avec une bienveillance inquiète. Je restais assise près du chauffage, buvant du lait chaud, chaque cellule de mon être alerte.

Raoul déposa sa tasse dans l'évier. Il dit qu'il se sentait sale et usé, entra dans la salle de bains, laissa la porte entrebâillée. L'eau du bain coula longtemps. Je grattais une tache sur la table. Je surveillais l'intérieur de la pièce, soit, de l'angle où je me trouvais, la cuvette et une portion d'une gravure représentant un éléphant. Le miroir au-dessus de l'évier s'embuait. L'eau cessa de couler. Je me levai.

Immergé jusqu'aux épaules, Raoul avait la tête appuyée contre le rebord de la baignoire. Ses cheveux étaient trempés, ses yeux, des coupes pleines, noires et translucides. Il était ivre de chagrin, d'éreintement, de crainte et d'espoir. Je m'assis sur le carrelage, à côté de lui. Je plongeai mes doigts dans le bain chaud. Il prit ma main et la serra. Je lui caressai les cheveux. Je touchai sa joue. Il était complètement ouvert. *Peux-tu aimer et connaître en même temps, iras-tu jusqu'à la fine pointe de mon âme?* Il entoura ma nuque de son bras.

— Accepteras-tu tout ce qui n'est pas beau en moi? demanda-t-il d'une voix ténue.

Il pressa mon front contre sa joue. Je fermai les yeux. *Si près, si près.* Il m'imbiba d'eau et de salive. Son torse tressaillait, il avait la respiration haletante. Nous allâmes dans la chambre sombre, sur le lit. *Tout est chaud et mouillé.* Sa peau était rêche, ses reins creux. Je tombai sur le dos. Il joignit mes mains au-dessus de ma tête, nos regards glissèrent l'un sur l'autre comme des lames. Il était fort et tendu et frémissant sur ma cuisse. Il passa précautionneusement le pouce sur mon arcade sourcilière, puis sur ma lèvre. *Approche encore. Je réapprends. J'entends tout.* Il respirait mal, un effort de volonté le gardait plaqué sur moi. Il m'embrassa près de l'oreille. Je tenais sa tête entre mes mains.

— Tu trembles, dit-il.

— Pas autant que toi.

Il sourit. Il écrasa sa poitrine contre la mienne, aspira l'air qu'il trouva sur ma peau. Il noua ses mains sur mes côtes. Nous ne bougeâmes plus. *Je ne crains rien.* Les muscles de ses épaules se relâchèrent. Sa respiration ralentit. Il leva la tête vers mon visage. J'y surpris un peu de bonheur. *C'est la joie qui me soulève.* Il avança. *Va plus loin.* Reste. Il était pris de secousses. Il soupira. *Reste! Je m'élance, je suis au-delà de toi.* Il m'étreignait les mains. Je revins à lui. Il me baisa un œil. Il ne se retira pas de moi. Anéanti, il s'endormit. Je regardais autour de moi.

De la rue silencieuse, le globe d'un lampadaire veillait dans la fenêtre. Il dorait la vitre givrée, déposait des reflets orange sur le tableau qui couvrait entièrement le mur face au lit. Les couleurs étaient ensablées, les formes confuses. J'étais dans le logement de Raoul avec sa chaleur en moi et cela me parut soudain extraordinaire. Je quittai en douceur ses bras. Cette maison était un cadeau, j'étais à l'intérieur. Je sortis de la chambre sans bruit, une couverture sur les épaules. Le plancher était froid sous mes pieds nus.

Je sus me diriger dans l'obscurité, j'allai droit à l'atelier. J'allumai le plafonnier. Sa clarté et la vivacité des couleurs sur les toiles m'éblouirent.

Des tableaux étaient posés debout par terre et accrochés aux murs, terminés ou non, de grandes dimensions ou modestes, s'équilibrant les uns les autres dans un vaste cercle comme si Raoul n'eût passé sa main ouverte qu'une seule fois tout autour de lui. Les lignes étaient nettes et maîtrisées, les harmonies irradiantes d'énergie. Mon regard était violemment sollicité, mon émotion forte, je dus m'asseoir sur le vieux fauteuil au centre de la pièce, poste d'observation établi par le peintre. Je découvris d'abord dans le haut d'une toile le buste d'une femme, son épaule drapée d'une étoffe lilas, ses yeux tournés vers le ciel. Elle aurait pu figurer sur une des fresques d'Agostini. Elle avait des lèvres cerise, ourlées de noir, exquises, et le regard suppliant, éperdu, d'une femme en prière. Du côté contraire, en bas de la composition, deux visages étaient couchés à l'horizontale sur le bois, identiques, asexués. L'un baignait dans des teintes vertes, l'autre dans des plages de carmin. Ils n'avaient ni chevelure, ni oreilles, ni même de joues: chacun une bouche, un nez et un grand œil noir, las, perplexe, qui enregistrait tout. Les deux bouches étaient presque sourire, je me levai pour toucher ces larges bouches bien marquées comme on pose la main sur quelqu'un dont le sourire déconcerte. Je tâtai ensuite, sur d'autres tableaux, les inégalités d'épaisseur entre les segments, les surfaces lisses et rugueuses, les losanges et les rayures, les gerbes de filaments multicolores, les grains de deux rectangles ocre, les renflements d'un coulis de peinture blanche.

Ce tourbillon de points colorés, pensai-je, pour la guérison de monsieur Beaulieu. Cette fleur à peine visible, pour sa pupille étoilée et sa bouche entrouverte au moment de sa mort. Cette pointe de bleu sur ce triangle blond, pour les forces et les luttes qui modèleront le visage de Raoul; cette empreinte du pinceau, pour les mouvements qui animeront ses mains, jusqu'au dernier; cette barre rouge, pour ce qui s'évidera en lui, afin que la joie y tombe, droite et solide; ce polygone moulé dans une tapisserie, pour le temps qui sépare; ce rebord encastré, saillant, précis, pour notre alliance, inébranlable; ces enchevêtrements de jaunes et de bruns, pour les déceptions et les victoires que nous aurons l'un sans l'autre; les nuances de ces turquoises, pour les paysages qui seront à nous. Puis je plongeai dans une longue spirale dorée, repliée, timide de tendresse.

Je revins dans la chambre. Je m'arrêtai à quelques pas du lit. Raoul était couché sur le dos, la couverture de travers sur son torse, la tête légèrement penchée vers l'arrière, les yeux clos, la respiration paisible. J'eus immensément envie d'embrasser son front, sa joue bleue de barbe, ses lèvres molles de sommeil, mais je me retins. Il dormait profondément, il était ailleurs, il rêvait. Je retournai sur la pointe des pieds dans l'atelier. Je m'installai confortablement dans le vieux fauteuil, les jambes repliées, enroulée dans ma couverture, les yeux sur les toiles. Je me demandais où nous allions.

AGMV Marquis

MEMBRE DU GROUPE SCABRINI

Québec, Canada
2001